CONY

Nova Fronteira Acervo

7ª edição

CONY
carlos heitor

Informação ao crucificado

Prefácio de
André Seffrin

Copyright © 1961 MPE-MILA PRODUÇÕES EDITORIAIS

Direitos de edição da obra em língua portuguesa no Brasil adquiridos pela EDITORA NOVA FRONTEIRA PARTICIPAÇÕES S.A. Todos os direitos reservados. Nenhuma parte desta obra pode ser apropriada e estocada em sistema de banco de dados ou processo similar, em qualquer forma ou meio, seja eletrônico, de fotocópia, gravação etc., sem a permissão do detentor do copirraite.

EDITORA NOVA FRONTEIRA PARTICIPAÇÕES S.A.
Rua Candelária, 60 — 7º andar — Centro — 20091-020
Rio de Janeiro — RJ — Brasil
Tel.: (21) 3882-8200

Dados Internacionais de Catalogação na Publicação (CIP)
(Câmara Brasileira do Livro, SP, Brasil)

Cony, Carlos Heitor
    Informação ao crucificado / Carlos Heitor Cony. -- 7. ed. -- Rio de Janeiro : Nova Fronteira, 2021

    ISBN 978-65-56400-61-7

    1. Ficção brasileira I. Título.

21-55834   CDD-B869.3

Índices para catálogo sistemático:
1. Ficção : Literatura brasileira B869.3
Aline Graziele Benitez - Bibliotecária - CRB-1/3129

Ora, serei o sal da terra, isso é o que importa, sal da terra. Que será do sal que não salga? Aquele que bota a mão no arado e olha para trás não é digno de mim. Até que ponto botei a mão no arado? Até que ponto se pode olhar para os lados sem ser para trás?

PREFÁCIO

A invenção da realidade

André Seffrin*

Em seus romances, Carlos Heitor Cony manteve a religião em geral como fundo de palco, ou menos que isso, exceto em *Informação ao crucificado* (1961). Um romance autobiográfico oriundo talvez do rescaldo de antigos diários do autor, pois há uma suposta publicação de 1955 que ele, ao que tudo indica, nunca confirmou ou contestou (cf. *Dicionário literário brasileiro*, de Raimundo de Menezes). Para além do movediço das lendas, o que temos de fato é este punhado de registros diários nos quais João Falcão, provável alter ego do autor, dá notícia de um drama vivido em sua juventude.

E estamos, assim, diante de outro "quase romance", naquela mesma chave polêmica proposta em *Quase memória* (1995), isto é, diante de um Cony também muito próximo de sua "matéria de memória". Do ponto de vista narrativo, temos nesses livros duas crônicas de saudade, a vida pessoal do autor por meio de

---

* André Seffrin é crítico e ensaísta. Organizou, entre outros livros, *Poesia completa e prosa seleta* de Manuel Bandeira.

boas e más recordações, em que se tece e entretece o fio de um enredo que gostaríamos infinito, tal seu mágico encanto – trágico às vezes embora sem perder o horizonte lírico. Contudo, em relação ao seminário, o que há não é exatamente saudade e sim repulsa ou revolta machucantes, como em relação ao mosteiro se colocou o Antônio Carlos Villaça de O nariz do morto (1970). Seja como for, em Informação ao crucificado, por mais que enxerguemos em suas páginas o espelho biográfico, é na ficção, como veremos adiante, que o livro alcança sua plenitude.

Em 1967, em romance igualmente considerado autobiográfico, Pessach, a travessia, anunciava-se na ficha técnica um novo livro (depois largamente citado por Cony em entrevistas: Missa para o Papa Marcello) que integraria A paixão segundo Mateus, trilogia iniciada com Informação ao crucificado. Como afirmou mais de uma vez, era seu mais ambicioso projeto romanesco, e em depoimento para os Cadernos de literatura brasileira (Instituto Moreira Salles, 2001), disse não estar ainda preparado espiritualmente para tão longa jornada. Em outro momento, lembrou numa crônica que o título geral da sua trilogia, por um mero acaso, daria origem a outro, famoso: A paixão segundo GH, da amiga Clarice Lispector. Daquela sua hipotética trilogia, portanto, só restaram memórias de vida e amizade e mais os diários de Informação ao crucificado, nos quais, garantiu, "metade é vida real, metade ficção" (ainda no depoimento de 2001 acima referido).

Fausto Cunha, crítico que sempre enxergou muito além dos demais, foi quem primeiro apontou no livro esta característica de crônica de saudade. Identidade clara com o romance de Raul Pompeia, O Ateneu – semelhantes os dois romances na crueldade com que são desatados os nós íntimos dos protagonistas, seus dramas e árdegos embates, seja no ambiente de colégio interno, em Pompeia, seja na clausura do seminário, em Cony. Romances diferentes na forma porém próximos em detalhes nada banais, a começar pela autoimolação dos heróis, cada qual a seu modo, em vias de mão dupla ou invertidas – o seminarista frente ao impasse existencial de recusa ou adesão à vida religiosa, e o aluno do Ateneu, por sua vez, no seu primeiro enfrentamento social dentro de colégio interno onde começaria a assimilar as asperezas da vida.

Genuíno Cony, este que se revela em *Informação ao crucificado* e que só voltaria às mais fortes monções do passado três décadas depois, em *Quase memória*. Porque, em outros momentos, como em *Pessach, a travessia*, ou em *Pilatos* (1974) e *O piano e a orquestra* (1996), o biográfico, nele, tomará outros rumos, diríamos até mais epidérmicos na medida em que suas referências, nesses títulos, são a luta política (*Pessach*), a náusea da vida literária (*Pilatos*) e um inequívoco quixotismo eivado de humor (*O piano...*). Nada parecido com o que realizou em *Informação ao crucificado* e *Quase memória*, catarses em que os dilemas de foro íntimo se transformam em acerto de contas com o destino. No plano das memórias que procurou não escrever senão por meio da ficção, no romance e na crônica. O fascínio do romancista que se vê e sente aos pedaços – *Eu, aos pedaços* (2010) –, o assim chamado livro de "memórias" que não passa de antologia, aliás uma de suas mais belas antologias de crônicas, e tão biográfica quanto as anteriores que não trouxeram essa bandeira.

Transidos pelos elementos de realidade presentes em *Informação ao crucificado*, é também necessário fazer o caminho inverso em busca dos elementos de ficção, tão fortes quanto determinantes no engenho deste livro, por tantos motivos, extraordinário. O tratamento do enredo, do início ao fim, é eminentemente romanesco: no diário de um seminarista, datado de 1944-45, o drama parece se erguer aos poucos, em rosácea, repleto de disfarces e sutilezas. A começar pelo humor à flor dos acontecimentos narrados, pelo fundo lírico e até elegíaco de determinados registros e, claro, pela densidade e contundência das revelações que se enlaçam potencializadas. Porque, muito antes de se aproximar o momento da tonsura, de abraçar o sacerdócio, as inquietações filosóficas do personagem se mostram já inconciliáveis com a vida religiosa. Um feroz conflito vivido sob o cerco de personagens (padres e colegas) um tanto caricaturais, outro ponto em comum com o romance de Raul Pompeia.

Pois no cotidiano de João Falcão cabem, além de tudo, férias de verão em que a prática do futebol acende ânimos grotescos, em que leituras às escondidas de romances proibidos despertam mais e mais dúvidas e angústias, em que a visão de moça nua ao sol causa previsíveis e inevitáveis distúrbios. Sem esquecer o tenebroso de um primeiro encontro com a morte no colega próximo que negligenciava doença grave, acontecimento crucial que extravia as poucas e frágeis certezas naquele estreito e áspero ambiente do seminário.

São páginas de forte acento dramático, em que realidade e delírio se fundem e confundem. Só em *Quase memória* Cony repetiu essa combinação e com raro senso de medida – mas é aqui, em *Informação ao crucificado*, que ela de início moldou e definiu o romancista. Um romancista abismado em seu mistério que atua, e este é seu papel principal, como um inventor de realidades.

1944

7 de março

Dia de São Tomás de Aquino. Padroeiro dos filósofos, padroeiro da divisão. Sim, filósofo, olho-me no espelho cheio de importância, sou um filósofo, o italiano que me fez batina nova botou no embrulho: *Ao filósofo João Falcão*, n.º 28, sou eu mesmo, filósofo João Falcão.

Data festiva no seminário. Fim do retiro espiritual com que se inicia o ano letivo. A semana inteira em silêncio, muita capela, muita conta de rosário desfiada silenciosamente sob pátios coloniais.

Pela manhã: o jesuíta que fez as prédicas exaltou a alegria da fé, a dignidade do altar, a felicidade da vida cristã e devota. Convidou-nos a combater o bom combate.

Missa da comunidade celebrada pelo senhor arcebispo, na capela externa — nossa antiga capelinha colorida por vitrais de tardes de sol começou a ser demolida sob as picaretas que o arcebispo benzeu há tempos, e que deverão destruir o velho casarão bicentenário. Sobre as ruínas de dois séculos começam a edificar um seminário estranho ao meu coração.

O *Deo gratias* no refeitório, pelo café da manhã. Padre reitor surgiu na porta principal:

— *Benedicamus Domino!*

— *Deo gratias.*

De início, um leve sussurro. Gradativamente o burburinho cresceu, tímido. E logo atingíamos ao tom habitual — barulho de duzentos rapazes, quase algazarra. Reencontro com o mundo, silêncio mutilado.

Habituara-me ao sossego daqueles dias. Sentia as palavras hostis. Ante a balbúrdia geral descobria na voz humana sons dessagradáveis, tolos, não é à toa que os pássaros fogem do homem. Durante sete dias rezara, ouvidos abertos à voz misteriosa que soa dentro, oculta-presente sempre. A Voz. Voz que um dia ouvi, inadiável: "Vem e segue-me!" Fui.

Vozes:

— Passa a moringa.

— Olha a manteiga.

Olhei a moringa. Passei a manteiga. Fui.

Irritação. Eduardo, a meu lado, catucou-me com o braço:

— Desembucha logo!

(Desembucha.)

Falar, depois de sete dias em silêncio — uma capitulação. Há homens que não falam. Loucos, mudos. Ah, há também trapistas, fazem voto de silêncio, padre Cipriano quando esteve na Itália visitou o convento daquela ordem, viu o frade velhinho que dava socos na própria testa quando escutava voz humana, chorava porque nada queria ouvir.

Animais também não falam. Ou falam? Bolas, sou homem — um filósofo —, dotado de inteligência e voz, falar é um direito, somos reis da Criação por privilégios assim.

Rei da Criação.

Chamei o copeiro, mostrei a xícara:

— Olha que porcaria!

Vim ao estudo. Meu irmão deu-me um caderno grosso, lombadas verdes — completamente ridículo. Não me servirá para nada. Parece tombo de cartório, livro de Haver e Dever, coisa estúpida assim. Penso em aproveitá-lo com apontamentos de lógica, mas já tenho caderno iniciado no ano passado.

Problema: que fazer do verde? Todos aqui fazem diário. Professores há que recomendam a prática. Nunca disse nada, mas acho cretino fazer diário. Vício manso, secreto. Não há de ser nada, vai ser mesmo diário.

O primeiro dia se foi. Pensei em registrar tudo, não deixar um acontecimento sem registro. Acontece que não aconteceu nada — afora a mutilação do silêncio.

Há que ter história na vida de um rei — nada mais triste que um rei sem história. Basta-me a lucidez: rei da Criação. Tenho alma e uma eternidade a ganhar. Tarefa mais dura não há.

8 de março

O início das aulas marcado para a manhã de hoje. Mas padre reitor alterou o programa, adiou as *lectio brevis* para a tarde e promoveu solene pontifical ao Espírito Santo. Celebrou-o dom

Benedito, bispo titular de não sei qual cidadezinha da África ou Ásia, um ancião que não pôde administrar sua diocese por causa da idade avançada e vegeta, aqui na capital, ajudando nas crismas, benzendo ambulatórios inaugurados pelo governo. Dom Benedito deitou falação após o Evangelho. Pediu: mentes vivificadas no amor à ciência e ao estudo, caminhos que nos levarão ao sacerdócio e ao próprio Deus.

Não sou muito do Espírito Santo. Birra não, gostar não gosto. Prefiro Deus Padre. Lógico, o filho é o mais humano dos três, mais palpável, mais cotidiano. Mas não vou com o Espírito Santo. No entanto, padre espiritual tem grande devoção para com ele, é um empolgado. Já fiz esforço para pegar devoção, não houve jeito. Chego a ponto de lamentar o que considero uma injustiça da liturgia cristã para com Deus Padre: não há uma só festa no calendário dedicada unicamente a Ele. Tem festas de lambujem, junto com os demais.

O Espírito Santo tem um domingo soleníssimo, todo um tempo litúrgico — o Pentecostes — e outras festinhas menores. O Filho tem todo o resto do ano, a Semana Santa, o Natal, o Advento, a Epifania, afora as festas de seus parentes e amigos mais chegados aqui da terra.

Já Deus Padre não tem nada, nada de nada — e foi Ele que nos fez do nada. Responsável pela Criação, me fez rei da dita. Para Ele sobraram apenas os "glória ao padre" que se repetem ao final das orações, que contam também com a participação dos outros dois e assim como era no princípio e agora e sempre por todos os séculos dos séculos amém.

(Estou raciocinando em termos humanos, sem atingir a essência da divindade. Por certo encontrarei explicações bastantes na Teologia. Há sempre uma frase de Aristóteles dando sopa ou um capítulo inteiro da *Summa* para justificar isso tudo.)

À tarde, as *lectio brevis*. Cada professor apresenta sua matéria e se apresenta. O prefeito dos estudos faz mistério inútil até a última hora acerca disso. Só mesmo com as *lectio brevis* ficamos sabendo quem será quem.

Cônego Simeão, cearense de bom coração, vai lecionar Lógica Menor e Crítica, pelo compêndio do alemão Remmer. Padre José, irmão de dom Newton, dará Ontologia pelo mesmo compêndio. Veio de São Paulo com fama de bom filósofo. Cônego Cipriano dará Matemática Superior e Biologia. Padre Jorge, literaturas antigas, padre Arnaldo, autor da gramática grega que tanto detestávamos no seminário-menor, dará Grego Bíblico. Física-Química pelo padre Arlindo, sulista taludo que o senhor arcebispo tem empenho em proteger. Padre reitor dará Hebraico e Cantochão.

Tantas e tão complicadas matérias impressionam. Na realidade, é apenas vasto programa para curto tempo e curtos homens. Tenho propósitos de dedicar-me aos estudos com afinco, principalmente às duas matérias do curso de Filosofia. Conheço os métodos do cônego Simeão, deu-nos noções no ano passado. Ignoro os processos do padre José, mas tenho o palpite de que a Ontologia é a parte mais bonita de toda a Filosofia, de toda a ciência humana.

Último recreio da noite.

Melancolia pairando em torno e dentro. Melancolia que se avizinha ao medo. Depois dos três meses de férias, dos sete dias de reclusão espiritual, entramos novamente na rotina da vida escolar.

O grunhido do Zé Grande é triste. Mário não mais canta *O sole mio*. A bola de pingue-pongue soa, inexorável. Parece contar tempo, marco do silêncio sem memória dos que se esquecem dentro de si mesmos. Estamos meio emburrados, um nó aperta na garganta.

Afasto-me, para rápido balanço interior. Mal-estar físico, como quem vai visitar um morto. Tenho medo. O sacerdócio. A escalada custa lágrimas. Durante as férias os problemas estacionam. Na rotina estudantil, nos regulamentos que se tornam severos a cada dia que passa, na monotonia sem espaço do modo de vida — vão surgindo penas, silenciosas lacraias que esperam o espanto das noites inúteis para atacar.

Ontem terminei o retiro. O melhor retiro que poderia ter feito. Se morresse logo após, entraria no céu como um rojão. Nem dois dias se passaram e já me sinto distante dele, foi um outro que fez o retiro — encantamento que pasta, para e passa.

Na hora de dormir, o nó da garganta apertou mais forte.

9 de março

Começam as aulas.

A primeira foi a do cônego Simeão. Resolveu recapitular, numa semana, a matéria do ano passado.

— *Quid est philosophia?*

— *Philosophia est scientia omnium rerum per altissimas causas naturalis ratione lumine comparata.*

— *Quid dices: philosophia est scientia omnium rerum?*

— *Quia pertinet omnia res...*

Sob o queixo o volumoso Remmer, ensebado por gerações que aprenderam as mesmas palavras.

Olho o crucifixo suspenso sobre a cabeça do cônego Simeão. (Se o crucifixo caísse, poderia matá-lo.) Olhos tão abertos ou tão desencontrados — Geraldo me deu uma cotovelada:

— Está voando, Falcão!

Voando.

Voando até conseguir carga para transmitir a informação ao crucificado: não caia!

12 de março

Faço anos. É triste.

Comunhão piedosa. No recreio, colegas mais chegados dão cumprimentos constrangidos, todos têm vergonha de se estimarem. Afirmam que rezaram em nossa intenção, alguns mentem, há aqueles que não rezam nem pela própria salvação.

No refeitório, sabor amargo na comida, tortuoso de tragar. Lá em casa mamãe caprichava nas tortas, o pai trazia creme para os morangos. Mas o cozinheiro daqui não toma conhecimento de apetites sentimentais. Só melhora o cardápio nas festas da Páscoa, da Imaculada Conceição, ou quando o senhor arcebispo vem comer conosco.

Padre reitor me dispensa das aulas e recebo a visita da família. Trouxeram-me doces e uma caneta-tinteiro, tampa de ouro, há tempo na minha cobiça. O pai mandou gravar meu nome, com a data. Data que me surpreende na tampa dourada, marco implacável em suas raízes.

— Já tenho dezoito anos?

— Bela idade! — disse meu pai.
Que que entendem dos dezoito anos de um seminarista?

19 de março

Festa de São José, padroeiro do seminário. Tivemos feriado, o primeiro do ano. Que venham outros.

Tudo corre bem, até agora. Os superiores, satisfeitos com o procedimento da divisão. Padre reitor veio à noitinha dizer que tem boas notícias sobre nossa aplicação aos estudos e à disciplina. Apesar das improvisações, das instalações deficientes, estamos com o moral levantado, há boa vontade para levarmos à frente o compromisso assumido com o senhor arcebispo de suportar os três primeiros anos de acomodação do curso de Filosofia nas velhas dependências do seminário-menor.

23 de março

Primeiro incidente: padre reitor surpreendeu Bastos e Pipa discutindo sobre a guerra, na hora do estudo. Bastos é pelos alemães, Pipa pelos Aliados. Sabem os nomes dos generais, dos couraçados, das toneladas, dos tipos de avião, conhecem as cifras todas — a estatística da morte na ponta da língua, quase no fundo do coração.

Nem mesmo a entrada do Brasil na guerra diminuiu o entusiasmo do Bastos pelos alemães. Diz que houve um equívoco. É metido a intelectual, já menino vivia lendo livros em alemão.

Pipa é filho de portugueses, sólido de corpo, fraco de ideias. A discussão começou no recreio, após o almoço. A sineta tocou para o estudo, continuaram. Bastos apareceu com estatísticas, Pipa com outras, perderam a paciência. Padre reitor foi atraído pela discussão, a repreensão foi severa.

Padre reitor não pode se aborrecer. O incidente perturbou-o. Soubemos que havia passado mal, o enfermeiro compareceu de seringa e coramina na reitoria.

Por causa disso ficamos todos tristes.

26 de março

Meditação matinal: abri o Evangelho ao acaso.
Prefiro o de São Mateus.
Veio justamente São Mateus: "O que adianta ao homem ganhar o universo inteiro se vier a perder sua alma?"

27 de março

Desde os tempos de seminário-menor que coloquei na cabeceira da minha cama de ferro um cartão com a frase: "Deus me vê!"

Hoje substituí o cartão. Botei outro: "O que adianta ao homem?"

30 de março

Já se nota um pouco de frio, esse frio desmoralizado do Rio. Na hora da meditação sinto que todos estamos um tanto resfriados. Há pigarros generalizados e, vez por outra, tosses mais declaradas. Tosse puxa tosse, volta e meia todo mundo tosse ou limpa a garganta. Ruídos grotescos quebram o silêncio. Agenor tem um pigarro estrondoso, parece descarga de latrina. Padre reitor, mesmo sem olhar para mim, percebeu que eu estava rindo.

1º de abril

Dia dos Tolos, não se sabe por quê. Há sempre o tolo mais em evidência e é natural que haja um dia dedicado a ele.

Há cinco anos nosso tolo oficial é Amauri. Preparamos o trote na véspera. Após rápida encenação, com papel timbrado do ministro de disciplina, fixamos no quadro a notificação segundo a qual o filósofo Amauri do Amaral, número 55, ficava escalado para falar durante o almoço de hoje sobre a instituição do tempo quaresmal.

Amauri preparou o catatau sem se lembrar de que não há leitura no dia 1º de abril. Foi solene o momento em que assumiu a tribuna. Procurando firmar a voz, que lhe é ingrata, Amauri começou citando concílios, encíclicas, santos padres, remontou a Quaresma ao século II. A vaia começou baixinho, até explodir, vermelha, na gargalhada do deboche. Com os destroços da dignidade de que foi possível, ele desceu da tribuna, vergado.

A ideia do trote foi minha. Gozei a vaia como um sucesso pessoal, intransferível. Mas, subitamente, a garfada que levava à boca tomou um gosto amargo. A comida me deu repugnância. Afastei o prato. Não adiantou. Talvez a repugnância fosse de mim mesmo.

2 de abril

Começam os ensaios para a Semana Santa. A parte coral das cerimônias da catedral estará a cargo do seminário, desde o *Gloria Laus* do Domingo de Ramos até o *Ressurexit sicut dixit* de Páscoa.

Padre reitor levou-nos ao salão de música. Fez preleção sobre a importância do canto na liturgia cristã. Pediu carinho, o máximo de boa vontade para com os ensaios.

Será a primeira vez que tomarei parte no coro. Voz feia, desafinada, sempre rejeitado por todos os padres que dirigiram nosso coro. Já pensava até em solicitar antecipadamente dispensa canônica de cantar missas — quando ordenado.

Padre reitor não me dispensou. A beleza da prece coletiva independia dos indivíduos, citou exemplos, lembrou Lutero, tinha bela voz, exímio organista, deu no que deu.

Em brios, tive de ceder. Fui para o ensaio afugentando a imagem do gordo Lutero, o gordo *Liber Usualis* até então inútil sob o braço.

Sensação: a de penetrar num sabá de bruxas. Confraria que ignorava existir a meu lado, sob o mesmo teto. Sabiam as páginas, os tons, o terceiro modo, o processo Solesmes, as pausas do século XII, o diabo. Padre reitor dizia um nome, reto tom, neumas, quinto modo, todo mundo virava o *Liber Usualis* daqui para ali, a cantoria subia e descia, *doo ooo ooo minooo ooo ooo*. Quando padre reitor olhava para meu lado eu abria a boca, *doo ooo ooo* baixinho, para não atrapalhar ninguém.

Junto, Oscar demonstrava que aprendera solfejo em São Paulo, onde cursara o primeiro ano de Filosofia. Sua voz é fraca, o esforço que faz para evidenciar ciência no cantochão atrapalha mais ainda.

Intervalo. Trocamos poucas palavras. Há acanhamento geral em falarmos com ele. Os motivos que o obrigaram a voltar ao Rio são obscuros, pairam versões maliciosas sobre sua conduta em São Paulo. Em nosso meio há desocupados que exploram o velado sentimentalismo existente em todas as comunidades. Oscar foi vítima de maledicentes, criaram-se fábulas sobre sua vida íntima.

Anos atrás, escreveram-lhe bilhete anônimo me acusando de ser o responsável pela fama que lhe sujava o nome. Oscar foi ao reitor de então, pediu providências. Fui chamado à reitoria, expliquei o que pude. Que o recurso usado pelo delator era tão sujo que invalidava a acusação. Qualquer seminarista de consciência teria a obrigação de acusar-me frontalmente, sem recursos vagos e irresponsáveis.

O reitor de então era bom homem, embora burro. Custou a entender. Concordou finalmente, a própria acusação revelava a pouca seriedade do acusador. Pedi ainda que transmitisse minha defesa ao Oscar, não o procuraria no recreio para assunto tão delicado.

Até hoje ignoro se as explicações foram dadas. Surgiu, isso sim, constrangimento natural de parte a parte. Já tentei falar abertamente com ele, mas reconsidero sempre. É que Oscar tem um jeito de olhar meio mole que me repugna e às vezes me provoca.

Fui chamado à reitoria.
Eduardo veio de lá, ao passar pela minha mesa avisou:
— Padre reitor está chamando.

Fiz rápido exame de consciência pelo trajeto. Não descobria nenhuma falta, assim, importante, que demandasse reitoria. Era a primeira vez que padre reitor me chamava. Por que negar, fui com o coração na boca.

A reitoria: livros espalhados pelos cantos, restos de café com leite no copo de vidro, pedaços de pão com manteiga em cima da estante de livros, o pacote de pastilhas Valda dentro do breviário aberto, uma bola de futebol vazia, lápis sem ponta, canetas sem tinta, o São José de vidro azul afogado na pilha de folhas de música, a garrafa de água mineral pela metade, o tabuleiro de xadrez sujo de pasta de dentes. Emergindo do caos, a figura de padre reitor, bem lavada, risonha, olhos azuis coruscando.

— Então, que história foi essa do Amauri?

Alívio. Não era coisa séria. Expliquei o que pude, nem havia muito o que explicar.

— Isso vem de cinco anos, padre reitor. E há trotes piores.

Relembrei alguns: o da batina do vigário-geral, naquela Semana Santa, ao tempo do falecido cardeal. Amauri saiu vestido com a batina roxa do monsenhor Rosalvo, foi uma bronca memorável. O da carta do Papa. Amauri recebeu bula papal, em italiano que o Geraldo redigiu: *Al mio diletto figlio e bambino caro, Amauri del Amaral, il miglior alunno del Seminario del Fiume Lungo.* Amauri foi para a capela, em êxtases, agradecer a honra. No lava-pés da Quinta-feira Santa, Amauri apareceu no meio dos pobres para a cerimônia. Monsenhor Rosalvo quase teve apoplexia quando viu onze mendigos rodeando Amauri, de batina nova, cabelos ensopados de vaselina. No dia em que monsenhor Rosalvo rolou das escadas da cúria e fraturou a bacia, Amauri recebeu delegação de visitá-lo em nome da turma. Levou o breviário pela cara.

Padre reitor ignorava tudo. Riu até as lágrimas fecharem os olhos miúdos (é o homem que mais ri e chora por aqui, onde quase ninguém chora ou ri sinceramente).

Perguntou-me se havia algum ressentimento pelo Amauri, ou se ele se ressentia das brincadeiras.

— Pelo contrário, padre reitor, eu e o Amauri nos damos bem. Nossas famílias são amigas, ele me tem em conta de um grande sujeito...

— Isso alimenta sua vaidade, não?

Padre reitor ria, pegara-me desprevenido.

— Sim — tive de admitir —, isso me lisonjeia.

— E já pensou numa coisa que, entre outras, é a terceira virtude teologal? A caridade?

Aceitei a espinafração. Mas padre reitor não recriminaria a ausência de caridade nos outros, esquecendo-se da própria. Quando esperava pelo pior, passou a mão pela minha cabeça:

— Venha me ver de vez em quando. Gosto de rir e você me fez rir.

— *Le roi s'amuse...*

Padre reitor ficou sério:

— Falcão, você é um bom rapaz, tem qualidades. Mas há algo de diabólico em você. Não sei dizer, mas tenho medo às vezes...

— Eu também tenho.

— Você não é burro, tem boa vontade para atingir o grau de relativa virtude necessário para as ordens que se aproximam. Há tempo de fazermos muita coisa ainda. Penso que você pode e deve melhorar muito, perder certo... orgulho, adquirir maior tolerância pelas faltas alheias e menor pelas suas. Vocês estão numa idade em que só se preocupam com a castidade. Obtendo-a ou mantendo-a, facilmente se esquecem de outras virtudes tão ou mais necessárias que ela. Uma delas é a humildade.

Aboliu o superior: de um lado o homem ungido dizendo verdades, pregando o bem, vituperando o mal; do outro o pecador, arrasado de culpa. Antes: dois homens iguais perante Deus, dois homens que podiam se auxiliar e socorrer, que precisam de si e de outros, sem rótulos, sem prerrogativas, no universal dar de si.

Saí da reitoria — um peso a menos não sei onde. Padre reitor foi um milagre — esse milagre que sempre esperamos que aconteça e que nunca vem. É necessário um esforço para não ver em padre reitor o homem, o amigo, o sacerdote. Padre reitor é um santo. Isso existe mesmo — eu tinha secretas, inarredáveis dúvidas. Vontade de entrar pelo salão do estudo gritando: os santos existem mesmo, não é invenção dos livros!

Mas não disse nada. Vim direto para o diário. Deus é admirável em seus santos. A página acabou mas o encantamento perdura.

3 de abril

Domingo de Ramos.

Catedral. Longas cerimônias iniciam a Semana Santa. O coro brilhou, apesar de minha presença. O senhor arcebispo restaurou uma porção de pequeninas coisas que ao tempo do falecido cardeal foram caindo de uso. Por preguiça ou velhice, o cardeal deixava passar vários abusos. O cabido compareceu em peso, os cônegos compenetrados e pios. Antigamente, a bancada dos cônegos era uma lástima: caindo aos pedaços, sujos, sonolentos, estropiavam os latins, faziam genuflexões pela metade, vênias ridículas, quando tiravam os sapatos para beijar a cruz na cerimônia da Sexta-feira Santa, traziam nos pés pedaços de panos roxos fedorentos, rasgados, mal lembravam meias. Não tomavam conhecimento do que se passava no altar, vez por outra um deles roncava tão alto que desafinava o canto do celebrante.

Houve o caso do monsenhor César: não conteve cochilo mais demorado, veio abaixo da bancada, parecia síncope. Foi trabalho retirá-lo de sob os bancos, interrompeu-se a cerimônia, o Ofício das Trevas violado, luzes elétricas romperam as ditas, monsenhor Veiga, na afobação geral, queria ministrar os óleos da extrema-unção julgando-o em morte, houve empurrões, foi o diabo.

Este ano, para a glória de Deus e com a mudança de arcebispo, estavam atentos, impecáveis. Daqui a anos, quando a vista de Sua Excelência começar a falhar, ou quando a velhice lhe trouxer certo conformismo com as faltas alheias, voltarão os antigos abusos, a carne é fraca.

Não gosto da Semana Santa. Sinto-me insatisfeito, frustrado. Vibro com as cerimônias, são belas.

Mas percebo a vida religiosa em aspectos teatrais, rotineiros. Sinto-a naufragada sem remissão num rito estéril que, tirante a beleza, nada mais lembra que a nossa vã condição de homem. A alma, então, parece feita de carne. E gemo, pedindo um pouco mais de eternidade.

5 de abril

Nas folgas do cantochão começo a ler um livro interessante, embora juvenil: *A viagem*, de Charles Morgan.

O livro não pode ser descoberto, não é imoral, mas ocioso para a minha formação.

Li hoje uma frase gostosa: "Eu vivo imaginando viagens..."

12 de abril

Pulei alguns dias. As cerimônias da Semana Santa se infindavam, catedral duas a três vezes por dia, não havia jeito de dar uma escapada ao estudo.

Novidade do ano foi a procissão do Senhor Morto sob o temporal. A Verônica espirrou no meio do canto e Amauri, não se sabe como, perdeu-se no meio do povo. A banda dos fuzileiros navais, em certo trecho, tocou o "Cisne branco". Monsenhor Rosalvo deu bronca no maestro: "Isto aqui não é Carnaval!"

Após a Páscoa, a semana de feriados. E um passeio que chamamos de Emaús, lembrança de um dos mais belos trechos do Evangelho: ressuscitado, Jesus aparece a dois discípulos que, desiludidos com a morte do Mestre, retiravam-se para sua distante aldeia. Acompanhou-os até Emaús. Fez que prosseguiria viagem. Mas os discípulos, mesmo sem o reconhecer, pediram: Fica conosco, senhor, porque entardece... *Mane nobiscum, Domine, quia advesperascit...* E, durante a ceia, Jesus cortou o pão. Os olhos dos tropeiros se reabriram imunes. E saíram, louvando a ressurreição do Senhor.

Meus olhos cansados esperam o milagre. Fica comigo, Senhor! Espero em vão a ceia, o pão já me vem cortado em pequeninas parcelas de hóstias alheias. Sempre entardece, e sempre fico só.

Não importa. Tivemos nossa Emaús, foi Paquetá.

Fomos cedinho, na primeira barca. Banho de mar. Feijoada que o vigário local preparou, passeios de bicicleta. Zé Grande ralou a cara numas pedras, Eduardo, para não se dar por vencido em matéria de natação, não entrou na água, ficou tostado de sol, alegou gripe.

A impostura da volta.

Sentado na parte superior da velha barca.

O mar devolvendo o calor do dia. Além dos Órgãos, o sol se deitava, o mormaço sensual vinha de todos os lados, varrendo forças. Eu me entregava. Fica conosco, Senhor, porque entardece. Entardeceu rápido, a barca gemia contra a viração da barra, as ondas batiam incisas, e eu voltava, olhos inúteis, à espera do primeiro mendigo que me repartisse o pão.

14 de abril

"Em verdade, em verdade vos digo que aquele que bota a mão no arado e olha para trás não é digno de mim."

18 de abril

Nem os estudos nem os recreios conseguem desfazer a impressão da volta de Paquetá. Gosto de fundo de mar persiste na minha pele. Quando me lavo, vejo o corpo branco e sem sol, virgem, pedindo carícias banidas. O calção de banho secou no peitoril da janela. Sinto-o salgado sob minhas mãos.

Ora, serei o sal da terra, isso é o que importa, sal da terra. Que será do sal que não salga? Aquele que bota a mão no arado e olha para trás não é digno de mim. Até que ponto botei a mão no arado? Até que ponto se pode olhar para os lados sem ser para trás?

30 de abril

Eleição para a academia literária. Sem mais nem menos, para evitar cabalas. Padre reitor apareceu no estudo, pediu-nos que elegêssemos uma diretoria, presidente, secretário, tesoureiro e bibliotecário. Fui surpreendido com a minha escolha para presidente, eleição quase unânime. Se houvesse cabala, se eu mesmo cabalasse a meu favor, bem provável que o eleito fosse outro. Mas à queima-roupa, sem que pudesse sequer votar em mim mesmo, me elegeram. Em parte como incentivo ao meu esforço em melhorar nossas relações. Esqueceram o que não presta, atentaram apenas a quem mais procura ler, estar a par do que está se publicando de novo. Ignoram o preço que pago por isso e aí está, presidente da Academia de São Tomás — o nome até que é imponente.

Para a Congregação Mariana jamais fui eleito, não me querem lá nem para varrer a capela. Meus colegas de diretoria também não gozam das boas graças da congregação. Como seguro morreu de velho, apenas o tesoureiro é o mesmo para as duas associações.

Após a eleição, padre reitor delineou-nos um programa, traçou normas. Marcou para daqui a quinze dias a primeira reunião solene. Terei de deitar o verbo, coisa que me desagrada profundamente. Os outros pensam que eu gosto e eu finjo que gosto. Ou será que finjo que finjo? Quando se começa a fingir não há mais que parar, desce-se a ladeira. Compõem-se tantos papéis que neles se acaba perdido.

Presidente da Academia de São Tomás.

1º de maio

Maio.

No seminário — encantamento novo. Algo nasce dentro de nós. Pequeninas alegrias cogumelam na sombra. Os cânticos na capela são ternos. Nos círios um brilho virgem, o incenso ganha aroma humilde, impenetrável. O mundo se concentra na gruta azul onde as flores cheiram, os círios se consomem, mansos, e a Virgem sorri para nós, maternal.

Mais cordialidade nos recreios, mais compenetração na capela, mais empenho nos estudos. O nível espiritual aumenta sem necessidade de muitos avisos. O manto da Virgem envolve o mundo, em silêncio. Comove descobrir, a cada manhã, que o céu é azul.

Bom acreditar. Esquecidos do mundo lá de fora, ficamos tranquilos sabendo que, apesar das lutas e das quedas, há luz sobre os homens, maio sobre os corações.

À noitinha, entre cânticos e flores, a Virgem sorri entre os círios:

Vinde, vamos todos
com flores a Maria...

Depositei meu ramalhete espiritual para o mês: procurarei, na humildade e na oração, ser digno da Graça de não mais duvidar, de acreditar em tudo, em mim mesmo principalmente.

10 de maio

Estou caprichando no discurso que farei dia 15. Não me sobra tempo para nada. Valho-me da oportunidade para uma observação: desconfio que sou uma besta.

15 de maio

À tarde, instalação da Academia de São Tomás.

O senhor arcebispo compareceu com numerosa corte de monsenhores, cônegos e amigos. Padre Schubert, um vienense perdido por estas plagas, executou trechos de César Franck e Glinka ao violino. Salão cheio, até os alunos do seminário-menor foram apanhados a laço por padre reitor para compor um auditório numeroso.

O senhor arcebispo declarou a sessão aberta, proferiu algumas palavras, deu posse à diretoria e:

— Tem a palavra o filósofo João Falcão!

Já lera no embrulho da batina nova a sequência dos três nomes: filósofo — João — Falcão.

Nunca a ouvira assim, em tom solene. Meio apalermado, sem saber ao certo de quem se tratava, subi ao estrado onde padre reitor derramara a bandeira nacional fedendo a naftalina.

Gaguejei, custei a firmar a voz, minha dicção é péssima. Fui até o fim. Transcrevo alguns trechos:

"Os dias de hoje são dias de luta. Os partidos e as ideias estão demarcados e cada um possui em si a característica de não comportar o outro. Hoje, mais do que nunca e como sempre, quem não é por Cristo é contra Ele.

"As forças do Mal, é preciso convir, são mais sábias que as do Bem. Cristo continua a se mostrar aos homens do século XX tal qual se mostrava aos pescadores do Tiberíades: é o mesmo Cristo do presépio pobre, o Cristo crucificado e nu, o Cristo que reprova o Mal e elege o Bem. O demônio, porém, evoluiu, civilizou-se. Já não é o pobre-diabo que foge ao cheiro do incenso ou ao mais insignificante respingo de água benta.

"Cristo, sendo a própria Verdade, não pode se alterar às conveniências das épocas contraditórias. O Mal, sendo a própria Mentira, deve e pode variar sempre em seus aspectos.

"Não vivemos os dias da Renascença com seu retorno ao paganismo bruto. Superamos o ciclo dos racionalistas, para os quais Cristo era apenas um judeu sem emprego. Vivemos a crise cujo nome provisório, à falta de outro melhor, é 'crise moderna'. Se Cristo descesse novamente à terra não mais receberia a coroa de espinhos, antes, o capacete de gelo dos laboratórios de psicanálise. Em vez do fel e do vinagre, os homens lhe dariam uma nutrição catalogada por especialistas, aveia vitaminada e sulfas. Seus evangelistas seriam Spencer, Claparède, Ribot e Lombroso. Para a nossa época jamais seria réu de morte, antes, um alienado mental, um poeta demagógico com tons de maqui, digno de uma série de artigos nas *Seleções* do Reader's Digest.

"Nós pregaremos o Cristo. O alienado mental Cristo Jesus que acreditou no Homem porque salvou o Homem. Nossos antecessores foram parceiros de Cristo no Calvário. O Coliseu transbordou de sangue pioneiro. Hoje, o Coliseu perdeu sua dignidade de sangue. Virou picadeiro: espera-nos lá fora a vaia."

16 de maio

Comentários sobre a sessão de ontem.

O discurso suficientemente elogiado. Soube, por padre reitor, que o senhor arcebispo manifestou-se impressionado e surpreendido pelas "ideias avançadas", mas justas e bem fundamentadas — estourei.

Já os colegas receberam sem restrições minhas baboseiras. Pediram-me o discurso para copiar em seus apontamentos.

Só o Eduardo foi sincero. Chegou a se exaltar, tachando-me de ímpio e boçal. Para ele, minha linguagem era neutra, digna de vômito, como lá diz o Apocalipse "e porque és morno eu começarei a vomitar-te de minha boca!" Achou minhas ideias, plagiadas de algum autor desconhecido entre nós, inconcebíveis num sujeito que se aproximava das primeiras ordens. O modo pelo qual abordara a pessoa de Cristo beirava a heresia. Já não falava no amor, na piedade. Exigia, pelo menos, um comprometimento claro. Mas fui esquivo, a rigor, ele não sabia se eu era contra ou a favor da causa de Deus.

Interiormente, dei razão a Eduardo. Fora demasiado frio. Mas não fiz parte de fraco, fiel a mim mesmo. Argumentei, citei exemplos, aleguei o caráter *científico* da exposição, fiz força para acreditar em meus próprios argumentos.

Eduardo fez devastação enorme, dentro de mim. Reli alguns trechos. A distância dos polos: o que deveria ou queria dizer e o que acabei dizendo. Mas até que ponto a culpa é só minha? Sinto cada vez mais uma grande distância do Cristo que procuro amar humildemente no fundo do meu coração. E, insubmisso, inconquistável, segui-lo.

19 de maio

Padre Jorge, professor de literaturas antigas, pediu-me o discurso. Do canto onde estava ouvira mal, perdera palavras, queria fazer juízo mais consciente. Entreguei-lhe o papelório. Padre Jorge mudou de óculos, franziu a testa, enfiou-se na leitura das doze páginas datilografadas. A testa ficou enrugada até o final. Por dois ou três momentos esboçou um sorriso. Acabou a última folha, olhou no verso para ver se tinha mais, trocou novamente os óculos. E com uma porção de sentidos:

— É. Você anda lendo demais. Papini, Karl Adam, Daniel Rops, Carrel e outros. É preciso agora pensar um pouco sobre tudo o que leu. Não seja tão apressado. O mundo não está à espera de sua opinião. Guarde-a consigo até se sentir original. E quando se sentir original, seja então mais original, guarde mais ainda o que sabe.

Eduardo fazia ar de triunfo. Eu fiz ar de cristão:
— Muito obrigado!

31 de maio

Fim do mês de Maria.
Festa de Nossa Senhora das Graças. Aniversário da fundação do nosso seminário. Três festas num dia só.

Missa cantada e sermão pelo monsenhor Marinho, orador de fundo acadêmico que sobressai dos demais pela mediocridade reinante na oratória eclesiástica.

Na sessão literomusical, à tarde, padre Mesquita, recém-ordenado em Roma, fez-nos belo improviso. Sua palavra fácil comoveu a todos. Curso brilhante em Roma, várias distinções e dois doutorados. Vai lecionar no seminário-menor por ora, até o fim do ano. Ano que vem será nosso professor.

À noite, ladainha e encerramento do mês. Quando o hino de Nossa Senhora acabou, tínhamos um brilho suspeito nos olhos.

Até o ano. Que maio se prolongue em nossos corações!

21 de junho

Drama no dormitório.
Fui personagem.

Após o almoço, pensei em descansar um pouco. Assaltado por dor de dente, não sabia onde enfiar a cabeça de tanta dor. Procurei esquecê-la no sono. Deitei-me, de batina mesmo, cara comprimida contra o travesseiro. Vai não vai, quando senti a sonolência chegar, e com ela a dormência da dor, Geraldo, meu vizinho de cubículo, também deitado, frimmm, frim, frimmm, começou a arranhar com a unha o tabique de madeira que nos separa, frimmm, frim, frimmm.

Pedi que parasse. Não deu resposta. Disse que estava com dor de dente, tivesse caridade, lembrasse da comunhão pela manhã, me deixasse em paz.

Nada: frimmm, frim, frimmm.

Alucinado, esperneei contra o tabique, quase o botei abaixo, dei socos, pontapés, cabeçadas. Ante a violência, Geraldo parou um pouco. Quando eu retornava à sonolência, frimmm, frim, frimmm, a unha recomeçou.

Vontade de beber o sangue do Geraldo. Não sou de violências, mas fiquei fora de mim. Ia sair, invadir seu cubículo, me atracar com ele, o diabo depois.

Tive melhor ideia. O penico sob a cama. Água limpa por sinal, não o uso para fins específicos, trago-o por obrigação de regulamento, sempre limpinho, com água diariamente renovada.

Apanhei o penico. Subi na cama. Por cima da divisão de madeira, entornei-o em cima do Geraldo. Que estava de batina também, tão certo da impunidade que quando me viu lá em cima riu idiotamente sem resistência. Foi feliz, apesar de tudo, tratava-se de água honesta.

Depois sim. Geraldo esbravejou, consciente do banho e da afronta. Rosnou vingança. Do meu quarto, remido, ouvia seu vaivém à procura de desforra condigna. Percebi quando abaixou para apanhar o seu penico. Estava vazio. Saiu furioso, em grandes passadas, foi enchê-lo nos lavatórios, ouvi o barulho da água, enchendo, enchendo. Imaginei a desforra: ele subiria na cama e, da mesma maneira, me devolveria o banho. Quando ele entrasse em seu cubículo, eu teria tempo de me abrigar embaixo da cama. Ele me molharia os lençóis, mas eu permaneceria enxuto e impune.

Tão certo estava de minha estratégia que não dei por mim nem por nada quando vi Geraldo entrando pela porta. Cara a cara, despejou-me o penico inteiro. Engoli um pouco d'água até, pela surpresa e pelo susto.

A barulheira de tanta água, os naturais impropérios que acompanharam uma e outra operação chamaram atenção. Em pouco o dormitório lotado. Colegas espantados. Risos começaram a aparecer: estávamos molhados, grotescos, homem de batina molhada parece guarda-chuva fechado, sim, grotesco.

Geraldo e eu demos conta da situação. Rimos também, misto de vergonha e perdão, reconciliados prontamente, sem necessidade de palavras ou gestos.

Os desígnios de Deus. Padre Chico, gorducho sibarita que é agora ministro de disciplina, veio ver o que se passava. Não perdeu a vez. Deu-nos a repreensão sem equivalência nos anais. Deduziu motivos secretos e torpes para a falta. Classificou-nos de moleques ordinários, dignos de baderna em botequim. Que tratássemos de enxugar as batinas. Antes de vesti-las novamente, ouvíssemos a consciência — se acaso tivéssemos alguma — a fim de não conspurcarmos uma veste sagrada, tomando-a por fantasia de bloco carnavalesco.

23 de junho

Ontem mesmo Geraldo foi chamado à reitoria. Na certa para dar explicações. A sua versão. Espero ser chamado hoje. Sei que Geraldo tem caráter, não falseou a história, e ela, em si, nada tem de mais, afora a quebra de disciplina interna. Geraldo e eu somos amigos desde os primeiros dias, estamos sempre juntos, nossos esporádicos amuos só fazem estreitar a amizade comum. Pela parte dele não tenho nada a temer, nem ele da minha.

Entorna o caldo é padre Chico. O incidente não necessitava de tanto corretivo. Em todas as comunidades, em todos os seminários acontecem dessas coisas, sem maiores consequências. Padre Chico exorbitou ao nos humilhar com a sordidez que descobriu na falta. Há colegas que estão igualmente revoltados, pois, afinal de contas, eram dois filósofos, próximos das primeiras ordens, já depurados pelos seis anos do curso menor, não podiam ser tratados com tamanha crueza.

Que padre reitor me chame logo. Que eu possa me desabafar. Não seria decente procurar colegas para o desabafo, nem me ficaria bem falar contra um superior por espírito de represália, ainda que justificada, como penso.

Já com padre reitor tenho até certo ponto a obrigação de dizer tudo. Será leal. E removerá daqui de dentro a montanha que me entope a garganta e me dá vontade de gritar.

Na verdade, sufoco.

24 de junho

Contra minhas expectativas, padre reitor não me chamou. Veio ao estudo, passeou pelas mesas, passou duas vezes a meu lado, olhou o livro que eu estava lendo, chamou dois ou três colegas à reitoria.

Ou não deu importância ao incidente ou está dando muita.

Paciência. O jeito é esperar. Nada me pesa na consciência e, afinal, é o que importa. Espero que me ajude. E Deus é justo. Só que, às vezes, é surpreendente.

1º de julho

Aniversário de minha mãe.

Rezei por ela durante a missa. Só não pude foi comungar: a raiva de dentro não me deixa.

Pensei nela o dia inteiro. Numa folga das aulas mandei-lhe um bilhete pelo padre Castro Pinto, pombo-correio amigo. Palavras gentis, nada sinceras, porém. Vontade de dizer tudo. Mas de que adiantaria? Ela nem sequer entenderia. Pensa que minha vida aqui é um mar de rosas perene, ungido e administrado pelo próprio céu. Não sabe que a tristeza se abate sobre mim, nem que a tristeza daqui é a mais triste de todas as tristezas.

Ela também pensará em mim. Vontade louca de chorar quando penso que ela pensa que sou feliz.

2 de julho

Ontem foi um dos meus dias. Sempre assim. Datas íntimas doem. Passei o dia embrutecido e só. Respondi mal ao Décio, que veio me pedir um dicionário emprestado.

Li poetas, por não poder fazer nada de sério. Mas pouco adiantou. Poesia não adianta.

3 de julho

Aniversário do senhor arcebispo.

Esperava-se para hoje sua elevação ao cardinalato. Vai demorar ainda um pouco. Parece que a Santa Sé tem vontade de tornar São Paulo e Bahia sedes de cardinalato, fará duas elevações juntas.

Missa festiva na catedral. O vigário-geral fez a saudação de praxe: voz cava, cara patibular. O senhor arcebispo agradeceu.

Chamou o vigário-geral de "piedoso Cirineu a lhe ajudar no pesado báculo pastoral". O pesado báculo pastoral de Sua Excelência é de ouro.

Almoço melhorado, um pouco de vinho, novidades como sobremesa.

Sua Excelência veio assistir às Vésperas conosco.

No recreio, formamos roda em torno dele. Contou-nos histórias, conversou amigavelmente, procurando cativar-nos confiança e estima. Fiquei conhecendo mais de perto o homem que será responsável por grande parcela do meu destino. De suas mãos deverei receber as ordens sacerdotais. A ele jurarei obediência e reverência. Representará em minha vida papel mais importante que meu próprio pai.

Temperamento forte, voluntarioso. Caráter duro, formado na escola alemã. Seus mestres foram alemães, seus compêndios alemães, a filosofia que aprendeu foi haurida de comentadores alemães. Concepção de vida forte para nós, entorpecidos pelo langor latino. Seu lema de brasão é latino, mas o espírito que o ditou não é: *ignem veni mittere* — eu vim trazer o fogo.

Não me agradou, no contato de hoje, a excessiva preocupação de Sua Excelência em agradar, em se mostrar camarada, descer das alturas, pisar o terra a terra conosco. Tática conhecida, produz efeito favorável, abre defensivas.

Estou há muito para ter séria conversa com ele.

Nosso primeiro encontro foi um tanto hostil de parte a parte. Acredito que tenha deixado péssima impressão.

Eu terminava o curso menor quando Sua Excelência se empossou. Veio do Norte, com ideias de fundar um seminário-maior aqui mesmo, achava inconcebível que uma cidade como o Rio, capital do país, não tivesse um seminário com cursos de Filosofia e Teologia, necessitando enviar seus alunos para casas de outras dioceses.

Ora, àquela altura dos acontecimentos, eu já estava de malas prontas para São Paulo, o espírito preparado para receber novos mestres, novos colegas, novos ambientes.

Sua Excelência promoveu uma reunião com a turma e expôs seus planos. Reconhecia, de antemão, que seríamos sacrificados em matéria de instalações, só daqui a dois ou três anos o novo prédio estaria pronto. Esperava que todos apoiassem sua ideia. Perguntou quem era contra a permanência do então último ano no mesmo seminário, para inaugurar o curso maior.

Só eu e o Pipa levantamos o braço. Ele nos encarou duro, e disse com voz fria, uma pedra de gelo caindo num balde de prata:

— A maioria vence!

Foi assim que eu perdi.

Nem pediu nem deixou que déssemos qualquer explicação. Ficou no ar essa dívida. Um dia a darei, custe o que custar.

5 de julho

Ida para Itaipava. Férias do meio ano.

A Rainha da Arca, nossa fazenda, branquinha, tímida em meio aos prados, às matas fecundas. Os dois açudes refletem o céu, os cimos das montanhas. Traíras pulando — moedinhas de prata que o sol destaca, breves. Milharais dançando às brisas distantes que chegam de longe, das montanhas de Minas. Bois, mansamente bois. As manhãs de frio. O sino, à tarde, batendo o *Angelus*. O feitor tocando a boiada para o anoitecer. O canto da cabrochada. Os pirilampos. O gemer das matas penetradas pela noite.

Padre reitor pretende melhorar as férias.

Novas distrações, passeios, teatrinhos, cinemas, piqueniques, partidas de futebol, excursões ao amanhecer.

Músico — é o que é. Ficou admirado de não ter a fazenda um hino próprio. Pediu ao Nestor que fizesse os versos, ele mesmo musicou.

Nestor fez uns versos razoáveis, que se adaptaram à sua música alegre e entusiasta.

Vencendo a natural repugnância que me inspira o vate oficial, fui cumprimentá-lo pelos versos. Bancou o modesto, alegou pressa, o imprevisto da encomenda, a banalidade do assunto; no fundo reconhecia certa felicidade no todo. Sim, lavrara um tento, teria seus versos e seu nome ligados ao encanto da Rainha da Arca e repetidos por gerações de seminaristas ao longo do tempo.

Sob as frondes das árvores quietas,
nestes campos de relva florida,
nossas almas de Deus prediletas
gozam paz, têm amor e têm vida!

Oh, fazenda tão clara e bonita,
lírio em flor que se espraia na luz,
ninho quente do sonho levita,
no ideal de ser outro Jesus!

Encravada nos montes gigantes,
quando brilha na luz do luar,

nossos olhos se fincam distantes
na amplidão a querer Deus achar!

Quando há lua, o espetáculo é soberbo. A capela brilha em tons de sino. Árvores despejam na relva a sombra inguardável, paisagem de conto infantil, desses que fazem crianças ter sonhos bonitos.

Ternura e calma — invasão que densa, desce e dança. A imensidão do espaço, a massa das montanhas recortadas pelo luar — nave de inatingível catedral a vagar sonâmbula pela noite, emanada noite, seio espacial, côncavo de Deus.

9 de julho

Acalorada discussão em torno da versalhada do Nestor. Eduardo, crítico da comunidade, que acharia defeitos no próprio Cristo se se encarnasse e entrasse no seminário, que só raramente concede aprovação às iniciativas alheias, achou erros de palmatória nos versos. Principal motivo da discussão foi o verso "nossos olhos se fincam distantes". Para Eduardo, o advérbio *distantes* atraía o pronome para junto de si. Nestor argumentava que *distantes* nunca foi advérbio, Eduardo teimava, era adjetivo com força de advérbio, descompuseram-se, ameaçaram-se revisões em todos os escritos anteriores, pois Eduardo já cometeu sonetos, um deles famoso, declamado em sessão solene da Academia, dedicado à batina:

Maldizem tua cor, tua negrura,
os homens que ignoram o teu encanto...

Chamaram-me para juiz. Eduardo tentou argumentar contra minha autoridade, mas a viu tão aceita que não disse nada.

Dei razão ao Nestor. A frase musical pedia a tônica ali, citei, em abono de faltas piores, Vieira e Camões. Eduardo calou-se, não sem antes fazer valer a distância entre Nestor e Camões ou Vieira.

Mais tarde, no pé de jaca que dá sombra sobre nosso ponto de reunião, fixaram soneto anônimo descompondo espíritos mesquinhos que em vez de se extasiarem com as montanhas, o luar, o céu, procuravam ver pronomes oblíquos bem ou mal colocados.

Maior foi a do Zé Grande. Cantávamos, à noite, canções caipiras ensinadas pela cabrochada, Eduardo aproveitou a pausa e iniciou outro gênero:

Domenica é giorno di riposo
sarebbe scandaloso
il mettersi a studiá...

Zé Grande alteou a voz:
— Cala a boca, ô pronome oblíquo!

15 de julho

Padre Tapajós abandonou seus estudos de Direito Canônico e se fez técnico do nosso time de futebol (São Tomás), que vai enfrentar amanhã o dos maiores do seminário-menor (São Luís).

Preliminarmente, padre Tapajós convenceu-nos da superioridade do adversário. Homem por homem, conjunto por conjunto, São Luís era infinitamente superior. Assim, só com técnica verdadeiramente genial poderíamos não apenas equilibrar forças, mas vencê-las. E técnica verdadeiramente genial ele mesmo nos oferecia, de graça, em primeiríssima mão. Um complicado conjunto de planos táticos baseados no *safety first*, acrescidos de outros que Eduardo chamou de *and power*.

No quadro-negro, pareceu soberbo. Padre Tapajós previa a partida minuto por minuto. Excesso de generosidade para com o adversário dava-lhe vantagens. A bola ia e vinha no quadro, e em meio a tantos riscos e setas padre Tapajós dizia: "E agora o Vasconcelos apanha a bola aqui no canto da área, avança dois ou três passos e pode colocar à vontade."

Vasconcelos abria a boca, todo mundo abria a boca, sim, era evidente, o ovo de Colombo, e dizer que ninguém pensara nisso! Nenhum time perderia com aquilo, era a chave que nem o *English team* possuía, a pedra filosofal ansiosamente esperada desde que os bretões começaram a chutar os crânios de seus inimigos.

Treinou-se duas vezes, o time suplente prestou-se às maravilhas, os titulares fizeram o que quiseram. Torraca tem um irmão que joga na reserva do Olaria, copiou os esquemas, vai passar adiante o plano.

O combate será amanhã, na Bacia do Bosque — clareira gramada que padre Cipriano descobriu há tempos. Só tivemos trabalho de colocar as balizas e marcar as linhas. Até acomodação para a torcida tem, anfiteatro pela própria natureza.

Jogarei de centromédio. Padre Tapajós deu-nos instruções coletivas e particulares. A mim, realçou que o trabalho de meio-campo ficava sob minha responsabilidade, devia me colocar para receber a bola vinda dos zagueiros, caindo logo em seguida para a esquerda. Avançaria até a metade da cancha, lançaria passe de profundidade num ângulo aproximado de quarenta graus à direita, onde estaria o centroavante propositadamente fora de sua habitual posição.

Com essa chave ruía o velho sistema de cada homem em sua posição. O adversário, desprevenido, só abriria os olhos quando fosse tarde e já estivéssemos com boa vantagem no marcador.

Reina emoção em todos os setores. Até os empregados estão ansiosos. Formam-se partidos. Organizam-se faixas e hinos de incentivo.

Nossa torcida será reduzida: apenas a divisão dos médios torcerá a nosso favor. Há rivalidade muito grande entre médios e maiores do seminário-menor — daí a torcida. A divisão mais entusiasta, a dos pequenos, torcerá maciçamente pelos nossos adversários.

Padre Tapajós, onisciente e cauto, julgou acertado um giro pelos arraiais contrários. Procurou o Cinza, um mulato alto do quarto ano, que vai ser o juiz. Provavelmente empenhou sua palavra de sacerdote, acreditava na honestidade do Cinza. Soubemos que o juiz mostrou-se comovido ante tão súbita e desinteressada amizade de padre Tapajós.

Padre reitor, embora reafirme isenção na luta, torcerá a nosso favor, confia estupidamente no gênio do padre Tapajós e na perícia de alguns dos nossos.

Se Marcílio estiver em dia, será bom goleiro. Zagueiro, o Jacaré é bom, entra duro, tem boa colocação. Linha média é fraca, só o Oscar se salva. No ataque há o Vasconcelos, oportunista, rápido. O resto é perna de pau: Torraca, Geraldo, Eduardo e Wílson.

Há que haver um milagre, meu Deus.

16 de julho

Ai dos vencidos!

17 de julho

Cabeça fria, canelas quentes, tentarei registrar a luta de ontem. Resultado: 4 x 1. Eles.

Manda a justiça que acrescente, placar não foi maior devido à parcialidade do juiz, que a nosso favor roubou ignominiosamente na frente dos homens e de Deus Todo-Poderoso. Apesar da torcida dos médios, da parcialidade do juiz e de outros fatores, o adversário não tomou conhecimento de nossas táticas, jogou no peito e na coragem. Só não deu de mais porque o juiz não deixou.

Quando padre Tapajós viu as coisas pretas para nosso lado, retirou de campo o Nelsinho, muito técnico, mas delicado, mandou o Torraca para a linha média, avançou o Oscar e fez entrar em campo Zé Grande, recuado para zagueiro central, e com a função específica de baixar o pau, *tangere lignum*, textualmente.

Zé Grande é míope, sem óculos fica desvairado em campo, mete o pau em gregos e troianos, entrou feroz até em cima de mim: tendo descido à área numa cobrança de córner, entrou-me pelas canelas com furor de cruzado em luta pelo túmulo do Salvador.

Mesmo com o recurso baixo, o adversário continuou manobrando a partida. Logo de início fez um gol, atribuído unanimemente à falha do Marcílio: o fato é que a linha deles foi entrando pela nossa área e quando Antônio Silva chutou fraco já estava praticamente dentro do gol.

Padre Tapajós fez ar de imolado. Voltou-se para a torcida: São Tomás! São Tomás!

São Tomás não ia lá das pernas. O juiz deixou passar em brancas nuvens um pênalti. Ia havendo sururu entre as torcidas por causa do pênalti. Zé Maria fez um tento muito bonito, de virada, do ângulo da área. E dois minutos depois o Cândido chuta uma penalidade lá da rua, a bola entra mansamente, por cima. Com 3 x 0 a situação estava desesperadora para nosso lado. Baile cheirando à frente. Volta e meia, Zé Maria, Antônio Silva e Perereca pegavam a bola, ficavam passando um para o outro, ninguém tirava a bola deles. Foi quando padre Tapajós espremeu o crânio e o resto de engenho lá armazenado e fez entrar Zé Grande (*tangere lignum*), também conhecido e celebrado por Zé Cavalo, Zé Bode, Zé Carniça e outros Zés.

Deu certo: a presença daquele homem facinoroso dentro da área arrefeceu os ânimos adversários. A linha deles passou a jogar ao largo, tentando tiros longos, evitando entrar nas perigosas áreas onde imperava, de olhos fechados para evitar complacências da amizade, nosso exageradíssimo zagueiro central.

Veio o intervalo. Entramos em campo para o segundo tempo certos de uma reviravolta. Absoluta confiança no padre Tapajós. Que aproveitou o descanso para alterar táticas e insinuar outras. Afiançou que daria um "golpe de mestre" no adversário. Como não falasse para todos, limitando-se a sussurrar a um ou a outro novas ordens, eu estava certo de que fora excluído da mudança de jogo. Deveria continuar obedecendo às mesmas instruções anteriores, a alteração atingiria outros setores do time.

O "golpe de mestre": padre Tapajós aproveitou o intervalo para uma esclarecedora conversa com o Cinza, que entrou em campo com o inabalável propósito de dar vitória aos filósofos, custasse o seu sangue.

Logo no reinício, Eduardo apanhou uma bola em escandaloso impedimento, avançou até a área contrária, todo mundo parado, esperando o apito do juiz. Mesmo assim, Eduardo chutou tão mal que a bola bateu na trave e voltou. Na recarga, Vasconcelos entrou de cabeça e fez o nosso único tento.

Depois disso não houve mais futebol. Foi uma calamidade justificada pela posse da bola. Zé Grande baixava o pau em tudo, o juiz anulou um gol legítimo deles, alegando falta, fez olho grosso para todas as nossas irregularidades.

De minha parte, não vi mais a cor da bola. Passei a sofrer, afora a dor nas canelas, a marcação do Antônio Silva, implacável, que, impedido de entrar na área por causa da fúria do Zé Grande, resolveu anular-me em campo, o que conseguiu sem muito esforço.

Quando o adversário fez o quarto gol — uma penalidade de fora da área muito bem cobrada pelo Zé Maria — padre Tapajós procedeu à sua retirada individual. Saiu de mansinho, por entre os pés de embaúba em flor, levando nos bolsos da vasta batina os planos de reexaminar as táticas. E na cabeça os de tão cedo não se meter em outra.

A torcida contrária se exaltava contra o juiz e contra nós. Quando Zé Grande apanhava a bola, temia-se pelo desrespeito público ao quinto mandamento da Santa Lei: *Não matarás!*

O jogo terminou antes do tempo regulamentar. O juiz, cansado de ser ofendido em latim e em português, achou que não tinha necessárias garantias físicas e morais para agir com sua costumeira imparcialidade, encerrou a luta faltando uns vinte minutos ainda e procurou amparo junto à paternal batina de padre reitor.

Evitando piores manifestações, padre reitor fez as torcidas e os times retirarem-se em escalões, a fim de impedir entreveros durante o trajeto pela picada da mata, propícia a emboscadas. Mesmo assim Zé Grande recebeu caroços de baba-de-boi pela cabeça, e, do recôndito da mata, acertaram um estrume de boi na cara do Cinza. Fomos os últimos a chegar na fazenda, estropiados, moral lá embaixo, arrastando no chão.

Nosso bedel foi solicitar dispensa de comparecermos ao refeitório para o almoço. Preferíamos comer qualquer coisinha mesmo na copa ou na cozinha. Mas padre reitor protestou, assim não, esporte era esporte, jogo era nas quatro linhas, fora delas éramos todos irmãos.

Irmãos. Apesar da fraternidade, nossa entrada no refeitório foi recebida com vaias e tinir de garfos nas mesas de mármore.

Padre Tapajós arrumou as malas, desceu a serra, descobriu repentinamente um processo para relatar na cúria. Felizmente para a Igreja, padre Tapajós não tem táticas geniais no Direito Canônico, de que é a maior autoridade brasileira.

À noite, os vencedores lançam ao ar seus hinos de guerra e vitória:

No time de São Tomás
juiz é quem joga mais!

Minhas canelas doem, sinto o corpo flagelado. Cristo sofreu mais, é evidente. Imagino Zé Grande vestido de centurião romano baixando o lenho no Redentor. Mal que vem para bem, a dor das canelas coloca a vergonha da derrota em plano menor.

A batalha fará sucesso. Marco. A divisão vencedora promoverá churrasco no local, já pediu ao feitor para laçar um boi gordo que pasta inocentemente pelas proximidades do açude. Erguerá mastro para perpétua memória, com inscrição em latim, hinos, o diabo.

Nestor já perpetrou poema. A derrota foi equiparada, entre outras coisas de mau gosto, ao "trágico despertar em Waterloo após a vigília de glória de Marengo".

25 de julho

Amanhã terminam as férias.

Preparamos malas, ensacamos roupas. Recreios começam a ficar vazios. O açude volta à solidão habitual, traíras pulam, descuidadas, livres dos anzóis do Paulo Sá.

A natureza continua. Em beleza, em extravagância. Não se condói dos regulamentos. Amanhã voltaremos para o Rio. Os açudes continuarão, os bosques, os perfumes da mataria, o hálito distante das montanhas de Minas — tudo continuará, inutilmente, desperdício estéril de bondade e pureza.

Reservo a parte da tarde. Sozinho, visito cada recanto que me é caro, ou que conserva lembrança minha ou que serviu de cenário a uma alegria mais espontânea, a uma tristeza mais irremediável.

É providência de ordem sentimental e íntima. Só voltaremos em dezembro, depois do Natal. Até lá muito cão ladrará enquanto a caravana inexoravelmente passará.

Tenho medo. Medo de nunca mais voltar. Não gosto que me arranquem abruptamente. Vou. Mas uso do direito ou do dever de espernear bastante.

Melancólica peregrinação ressuscitando intemporais fantasmas.

A cachoeira, perto da qual li, escondido, *Madame Bovary*. Piquei o livro em pedacinhos, entre aquelas pedras haverá ainda restos impunes.

Bacia do Bosque. Piso as linhas do campo, esmaecidas, sujas de lama, interrompidas aqui e ali. Meço a distância da marca do pênalti, há dez passos apenas, nas férias que vem denunciarei o erro.

O curral. As vacas estão entrando, manhã cedinho viremos tomar o último leite do meio ano: o cheiro do capim e da manhã na boca. Bois ficaram pelos morros, apartados das companheiras. Mugem com mais melancolia. Vacas respondem com mais saudade.

O morro do Cruzeiro. Lá em cima vejo a fazenda inteira. A Rainha da Arca embaixo, abrindo braços para os dois açudes, como que para abraçá-los — impossuído afeto.

O sino da capela me surpreende lá em cima. O toque do *Angelus*. Os granjeiros tocam a boiada do Macacu para o anoitecer. Param um instante e se descobrem. O vulto pequenino, junto ao bambual de Santa Teresa, ajoelha-se. No meio do açude, dentro da canoa, uma batina se levanta, a canoa treme, mansa, pousada na água.

Os toques se repetem, compassados e lentos. Os vales cavados atrás da Arca respondem confusamente os ecos. O sol bate obliquamente nas montanhas de Minas, ao longe, antes de cair além dos vales todos.

Caio de joelhos. O vento na face, com cada toque de sino. A tarde tem sabor macio. E rezo. Reza pagã. Peço à Virgem a graça (ou o milagre) de, em tardes iguais, estar outra vez ali, intacto ou em escombros, vendo o dia morrer sobre a brancura da fazenda, sobre o verde dos campos, sobre o azul-escuro dos açudes tranquilos.

O último toque ficou ressoando pelo vale. A canoa corta novamente as águas, procurando abrigo na parte mais sombreada, próxima ao começo das matas. Paulo Sá desce a rampa do açude para ligar o dínamo, sacudindo as chaves. O sol se deitou, além das montanhas.

Desço. Os olhos molhados.

26 de julho

O casarão do seminário recebe-nos com ar hostil, envelhecido. Qual pessoa velha que de tanto convivermos com ela acaba por nos parecer jovem. Bastam trinta dias de ausência para abrirmos os olhos à realidade e descobrirmos rugas, decadência, irreparável ruína.

Uma tristeza de dois séculos me espanta. E sofro. Pátios desertos, capim se insinuando entre pedras. O chão dos recreios coberto por folhas de mangueiras outonais. Ar de abandono em tudo, em tudo melancolia. Minhas retinas doem ainda do verde, trago nos pulmões o cheiro das matas de Itaipava. O contraste me acabrunha.

Sento no primeiro banco que encontro. Um pardal morto me faz companhia. Formigas pequeninas devoram o corpo inanimado do meu companheiro de banco. Vontade de gritar: não aguento, não aguento mais!

Eduardo. Seu passo, habitualmente forte, decidido, vacilava também. Algo de mole naquele olhar sempre duro. É mais forte que eu.

— Isso não é nada, Falcão. Daqui a pouco você se habitua novamente. Corações ao alto!

Olhei desanimado. Eduardo assustou-se com meu desespero.

Corações ao alto! *Sursum corda!* Como levantar meu coração, como erguer o ânimo se tudo estava caído, inexoravelmente caído, pardal morto em cima do banco, folhas mortas pelo chão? Como compor pedacinhos que ficaram atrás?

Como?

4 de agosto

Reinício das aulas.

Atiro-me em cima dos livros. Espremo a Ontologia. Passo horas destrinchando problemas de Lógica.

Joguei fora um par de sapatos, quase novo. Estava sujo: lama dos caminhos de Itaipava. Aquela lama era um flagelo.

5 de agosto

Paulo Sá satisfeitíssimo: achou um par de sapatos, quase novo. Diz que foi promessa feita a Santo Antônio.

Fazer promessas dá resultado.

Farei algumas.

6 de agosto

Voltei a ter dor de dente. Pedi a padre reitor licença para tratar dentista na cidade. Foi pretexto para ir à reitoria. Devia essa visita a mim mesmo desde o incidente com Geraldo.

Soube por padre reitor que o caso não tinha gravidade. Não dera importância nenhuma. Só não concordou com as minhas ideias a respeito do padre Chico. Mas eu fiquei aliviado com o desabafo.

9 de agosto

Coloco em dia meus desabafos.

Tirei ontem outro peso que trazia dentro. Falei com o senhor arcebispo. Veio passar a noite no seminário, tinha compromisso para a manhã de hoje, preferiu dormir aqui mesmo. Sabendo disso, fui procurá-lo, após o jantar. Pedi conversa em particular. Disse que sim. Logo que pudesse me mandaria chamar. Chegou mesmo a rir:

— Estava tardando uma conversa nossa, não?

Ao início do estudo da noite, padre reitor veio me avisar:

— Que que há? O senhor arcebispo quer falar com você!

A entrevista teve fases. Começou cerimoniosa, chegou a momentos amistosos, terminou azeda.

Comecei por explicar a razão de minha atitude no ano passado, quando queria ir para São Paulo. Confessei que o problema, na ocasião, se me afigurara importante. Reconhecia agora que não importava finalmente, em qualquer lugar eu teria dificuldades, não se chega ao sacerdócio evitando embaraços, há que vencê-los.

Sua Excelência perguntou-me se tinha alguma restrição a fazer ao atual estado de coisas. Reconhecia que o provisório das instalações sacrificava nossa turma. Respondi que tudo estava bem, já estávamos habituados; apenas, se tivesse que escolher novamente, novamente escolheria São Paulo, mesmo sem saber por quais motivos. O senhor arcebispo disse que esperava muito de mim, inclusive que eu fosse forte e não me deixasse melindrar por questões mesquinhas.

Em dado momento, confessou-me não ter encontrado ainda um entusiasmo declarado de minha parte pela própria vocação. Que eu via tudo sob um ângulo muito pessoal, que a causa da Igreja, a salvação das almas, a missão sacerdotal na sua acepção mais funda não me empolgavam devidamente. Pelas informações que possuía a meu respeito, julgava-me um pouco tímido na Fé, tíbio na piedade, fraco no entusiasmo pela causa.

Chegou a perguntar:

— Afinal, por que você quis ser padre?

— Quis... — respondi, sem resposta.

— Foi o amor a Deus, o desejo de salvar almas?

— Não, Excelência, quis ser padre por motivos diferentes. Resumindo-os, poderia dizer: porque achei bonito ser padre. Bonito e difícil.

— Mas...? Eu não entendo isso! A beleza do sacerdócio está em seu fim, que é o de levar almas a Deus, cooperar na missão redentora de Cristo, redimir pecados, ser o *alter Christus*. A beleza do sacerdócio está nisso!

— Sim, Excelência, reconheço a necessidade de se redimir pecados, de cooperar na redenção do gênero humano. Mas não foi precisamente *isso* que me fez querer ser padre. Espero que me compreenda: entrei para o seminário com onze anos de idade, as noções que tinha de Redenção, do Sacrifício de Cristo eram insuficientes, acredito que nenhuma.

— Mas já teve tempo suficiente para compreender essas coisas. E outras.

— A compreensão não alterou o primitivo motivo — ou impulso, diria melhor. — Acrescentou, por assim dizer. — Mas não modificou. Não gosto de pensar nos méritos divinos ou humanos da missão sacerdotal, chego mesmo a achar cretina essa autoexaltação que há aqui dentro.

— Então me diga: por que você evita o pecado?

— Acho feio pecar.

— Só isso? Não teme ofender a Deus? Ou ser castigado no inferno?

— Temer, temo. Mas a principal causa não é essa. Sinto uma coação interior que me obriga a evitar o pecado e a me arrepender quando o pratico. Mesmo que não houvesse sanções, mesmo que o certo fosse praticá-lo, ainda assim o evitaria.

— Isso é heresia! — Sua Excelência estava indignado. — Você nem sequer tem a Fé, não tem condições para comungar! É o cúmulo, manter em meu seminário um rapaz, um filósofo, próximo da tonsura, e que não crê nos mais elementares princípios do catecismo!

Assustei-me com o rumo que enveredara. Levara longe a sinceridade, talvez a tivesse forçado, com a preocupação de me mostrar independente.

— Excelência — disse —, reconheço que isso é horrível. Que posso fazer ainda?

A pergunta saiu tão humilde que não me pareceu sincera.

— Só há dois caminhos: ou você muda radicalmente sua maneira de pensar, ou faça-me o extraordinário favor de abandonar o quanto antes o seminário. Bem que alguns professores haviam me advertido contra você! Afinal, na vida em comunidade, você pouco difere dos outros, cumpre os regulamentos, obedece aos ritos... Imagine minha dor em saber que o que o leva à capela e à prática das virtudes é um mero estado de espírito pseudointelectual, uma simples atitude estética...

Sua Excelência ofegava.

— Sei que você é metido a ler coisas inoportunas. É verdade que padre Chico apanhou-o lendo *Os irmãos Karamázov*?

— É. Retirou-me o Dostoiévski e deu-me o *I promessi sposi*.

— Que na certa não lhe agradou, apesar de ser das obras-primas da literatura universal que mereçam realmente ser lidas?

— Não gostei muito. Achei o romance convencional, embora admiravelmente bem escrito. Também se podem escrever bem tolices.

— Para você, só o que presta são os livros que a Santa Igreja colocou no *Index*, não é?

— Não, Excelência. A Bíblia é um grande livro sob vários sentidos e não está no *Index*. Apesar disso, não nos deixam lê-la integralmente.

— Há razões para isso, vocês não estão preparados para receber o impacto de certas passagens. Fique certo de que seus problemas não são tão sérios ou importantes como lhe parecem. Milhares de seminaristas em todo o mundo passam por privações iguais ou piores. Terminam vencendo. É o que realmente importa: você precisa vencer!

— Mas eu gosto de minhas crises!

O senhor arcebispo não disse mais nada. Olhou-me longamente, como a reconsiderar tudo. Não valera gastar tanto latim com sujeito tão empedernido. Avaliei a extensão daquele olhar: de espanto e nojo ao me ver tão obstinado no erro. Caíra em desgraça para todo o sempre. Sempre me avisaram: ai daquele que cair nas iras do senhor arcebispo! Eu estava condenado.

Tomei uma atitude, a que me pareceu mais honesta:

— Pode ficar certo, senhor arcebispo, eu saberei agir na época oportuna. Vossa Excelência pode duvidar da minha Fé, da minha vocação, de tudo. Não porém de minha sinceridade. Eu não teria coragem de receber qualquer ordem, nem mesmo a simples tonsura, sem estar consciente de minhas responsabilidades para com Deus e para com Vossa Excelência, a quem deverei prometer obediência e reverência. Pode ficar tranquilo. Vossa Excelência não alimenta uma víbora.

Foi então que o senhor arcebispo se revelou um tolo, embora quisesse apenas ser mau.

Com voz grave, disse:

— Eu não acredito em nada de bom em quem não acredita em nada...

13 de agosto

Os colegas saíram para cantar uma missa na catedral de Niterói. Alegando forte dor de dente (mentia pela primeira vez em matéria de dor de dente), pedi dispensa do compromisso. Padre reitor consentiu em que ficasse, mais pela comprovada deficiência dos meus recursos vocais do que pela dor propriamente dita.

Aproveitei a folga para ler Maritain (*Les degrés du savoir*): "Une authentique critique de la connaissance n'implique plus aucun moment de doute réel universel." "Le réalisme est vécu par l'intelligence avant d'être reconnu par elle." O problema da legitimidade da Dúvida vem me preocupando na Crítica. Nosso autor, o velho Remmer, não é claro na questão, cita muito Maritain. Resolvi ir diretamente à fonte. Mas preferia ler, sobre o mesmo assunto, Descartes ou Hume. Vou tentar retirar da biblioteca alguns livros de que preciso. Para falar a verdade, não suporto Maritain. Ao menos nisso estou de acordo com o senhor arcebispo: é famosa sua fobia ao filósofo francês. Lá no Norte houve incidente sério com ele e um teólogo por causa de Maritain. Até hoje o pobre teólogo procura de mãos postas um bispo necessitado de padres que lhe confira as ordens.

20 de agosto

Forte discussão com Eduardo, no recreio da noite, sobre o problema da felicidade. Eduardo tem um processo infalível para resolver todos os problemas: basta abrir o índice dos compêndios que adotamos. Procura a página exata e só.

Sou mais complicado. Discutimos muito. Propomos escrever um pequeno trabalho resumindo ideias sobre o assunto. Depois, cada qual fará a crítica do trabalho alheio.

Vou alinhavar algumas ideias. A falar a verdade, não tenho nenhuma ideia própria a respeito. Mantive a discussão pelo prazer de contrariar Eduardo. Por pirraça, ou mesmo por incompetência, farei Literatura em vez de Filosofia. Eduardo virá citando

Aristóteles, a *Summa contra Gentiles*, o diabo. Eu vou fazer letra de bolero. Assim:

A felicidade é nota positiva, o normal na natureza. A infelicidade é nota negativa, nasce da inadaptação do homem para com ele mesmo (o negativo existencial), do homem para com outros homens (negativo social ou político), ou do homem com Deus (o negativo metafísico).

O segredo da felicidade é uma redundância: ela só se torna possível no momento possível. É como definir algo pela coisa definida.

Não é conta bancária que rende juros e pode ter retiradas certas, nem sofre de capitalização. O homem é o construtor de sua própria felicidade e já que a vida é uma viagem, que trate de viajar de primeira classe e de chegar ao fim. (Para mim mesmo: e o sentido da viagem?)

No Evangelho há uma frase que diz muito: "Sufficit diei malitia sua." A cada dia bastam suas preocupações. A razão de ser da felicidade nas crianças (que talvez não passe de um mito adulto) reside no fato de que a criança renasce a cada manhã. Sem futuro, sem passado, e com um presente mutilado pelas suas limitações.

Felicidade é ser o ser. "Ens ut ens." Possível até mesmo dentro de um sarcófago. Horácio disse tudo quando disse: "Carpe diem quam minime credule postero." Desfruta o dia de hoje e crê o menos possível no de amanhã.

Resumindo: a felicidade é possível nos dois extremos do pensamento e do coração: em São Francisco de Assis que clamava "meu Deus e meu tudo" e em Renan que invocava "Abismo, único Deus és tu!".

A baboseira tem tudo o que se usa aqui: muito latinório, muita citação, bem ao gosto do que chamam de boa argumentação. Mandei o texto para Eduardo quando terminava o estudo da noite. Tenho a impressão de que, enquanto fazíamos a oração da noite, ele lia minha papelada. O prazer ou a necessidade de me destruir são mais importantes, nele, que o dever de salvar a própria alma. É o que parece.

21 de agosto

Eduardo devolveu-me a papelada. Escreveu por cima da página: *imbecil!* O nome de Renan, no trecho final, vinha dentro de um círculo vermelho, uma seta azul puxando para a margem e a notificação: *absolutamente superado.*

Gosto de Eduardo. Um sujeito sério, que leva tudo a sério. No fundo, é meu amigo, a seu modo. Sempre que penso em nossa amizade — que ele publicamente tem empenho em renegar, mas que ocultamente cultiva até mesmo com certo ciúme — sinto-me um pouco purificado.

Se um de nós tiver que perder — espero que seja eu o derrotado. Torço para que ele vença. E ele sabe disso.

30 de agosto

Difíceis esses últimos dias. Chatas as aulas. Tudo sem importância. Parece que alguma coisa está mudando. O tempo? Talvez. Volta e meia me surpreendo atacado. Eduardo então propaga aos ventos: chegou a hipocondria do Falcão! Zé Grande nem sabe o que a palavra significa. Gosta dela e a usa para diversos fins.

Hipocondria. Aceito classificação que o Zé Grande me dá. O remédio a que sempre apelo — e no qual me viciei — é uma forma de me masturbar espiritualmente, sem cometer pecado. Nem ter náusea de mim mesmo.

Leio bastante, quando posso. Chesterton e Cantù. Li também *Germinal*, de Zola. Padre Chico quase me apanha o livro. Salvou-me a capa da *Introdução à vida devota*, uma bolação habilidosa do Gaspar. Ele me vendeu o engenho, quando foi expulso. Fez uma capa caprichadíssima do piedoso livro de São Francisco de Sales, nas mesmas dimensões dos volumes da Lello. Dentro dessa falsa capa pode-se colocar qualquer outro livro. Gaspar chegou a ler *A carne* em plena capela.

Eduardo fareja a minha *Introdução à vida devota*. Entra semana, sai semana e estou agarrado nela, pelos corredores, nos recreios, no dormitório. Mas Eduardo é pecador também, já leu *As pupilas do Senhor Reitor* dentro de uma capa da *Imitação de Cristo* que andou muito em voga até que foi descoberta pelo padre Castro Pinto.

7 de setembro

Geraldo.
Morreu.
Geraldo morreu. Morreu. Por quê?
Geraldo morto ali, pertinho. O cheiro de flor me enjoa. Vou ter medo à noite.
Geraldo morreu.

9 de setembro

Estou longe. A caneta endurece nas mãos. A dimensão do que foi e não é mais.

A morte. Impregnada nas minhas roupas, embaixo da minha cama. A eternidade veio, entrou em nosso dormitório, e ali, explodiu em silêncio. O cotidiano estancou. Dormir fica difícil, a noite repugna, até rezar parece inútil.

A morte fez morada a meu lado. Geraldo explodiu, corpo imaterial contaminando paredes, tetos, ar — respiramos Geraldo. Tem gosto de Deus, de eternidade e, paradoxalmente, de terra molhada.

Preciso reagir, preciso reagir.

Devia registrar a morte de Geraldo. Mas é noite.

10 de setembro

A morte foi um soco no meu tabique de madeira. Nossas camas ficam separadas pela frágil parede de compensado. Acordei com o soco violento. Parecia que o tabique vinha abaixo. "Pesadelo do Geraldo." Lembrei nossa briga, se ele continuasse, mesmo que fosse em pesadelo, levaria a volta.

Silêncio.

Zé Grande roncando, boca aberta, dois ou três cubículos à direita.

Silêncio.

Sim, pesadelo do Geraldo.

Diabo é que eu não mais conseguia dormir. O sono indo embora. Por quê? O normal seria virar para o outro lado e continuar o sono. Virei para o lado. Nada.

Zé Grande roncando, a boca aberta — sono de imbecil. Geraldo sonhava com quê?

Impressão apenas: um ligeiro arranhado na madeira. Geraldo não tinha outra coisa que fazer? Ia revidar com um soco, mas pareceu-me ouvir um gemido. Não, não fora um gemido, um assobio, na certa o Torraca, que tem os dentes tortos, assobia dormindo e fala cuspindo.

Sim, pesadelo do Geraldo. Quando tenho pesadelos fico encolhidinho na cama, Geraldo esmurra a parede — cada qual se defende como pode.

Outro gemido. Não, dessa vez não foi o Torraca, foi Geraldo mesmo. O pesadelo continuava. Provavelmente, antes do soco que me despertara, ele gemera. Bom, tratar de dormir, amanhã é Dia da Pátria, tem missa cedo na catedral. Por que Geraldo continua gemendo? Não, não tenho nada com gemidos nem com pesadelos alheios. Vou dormir.

Mas estava com os olhos abertos, tão abertos que pareciam sair das órbitas. Só quando dei por isso foi que me assustei. O meu corpo parecia pressentir, matéria sabe matéria.

Meu corpo *sabia*. Por isso meus olhos se arregalavam, de espanto, impressentida dor, sem eu dar por eles. Independentes de mim, meus olhos sofriam.

Chamei baixinho:

— Geraldo!

Nada. Só bastante depois outro gemido, um tremor na cama talvez. Pesadelo no duro. Vou levantar-me, sacudi-lo, amanhã ele me agradecerá, será uma caridade.

Caridade, amanhã na eternidade jamais sacudida.

Entrei no cubículo dele devagarinho, de pijama mesmo, não vestiria a batina por tão pouco.

— Geraldo!

O corpo de Geraldo parecia comprido em cima da cama. As cobertas no chão. O travesseiro no meio do quarto. Pensei em febre alta, sim, Geraldo tem febre alta, delira. Mas não gemia mais:

— *Cunc...cunc...tis...*

Geraldo murmurava a palavra *cunctis*.

— Geraldo!

— *...libe...*

— Geraldo! Que que há?

Encostei a mão em cima da sua, sobre o peito. Um arrepio em todo o meu corpo. Geraldo morria: a minha mão sabia.

Saí correndo. Engasgado, vontade de berrar e não poder. Zé Grande parou de roncar devido ao barulho dos meus passos. Só no corredor pude gritar. Mas por quem? Se fosse razoável, gritaria por Deus. Mas gritei por padre reitor, padre espiritual, por todo mundo. Fiz força berrando, para que Geraldo não morresse. Que o mundo parasse, que o mundo todo morresse para que Geraldo não morresse.

Padre Castro Pinto apareceu, já no pátio dos professores. Pálido, a barba cerrada sobressaindo da pele. Agarrou-me, senti duas mãos fortes sacudindo-me.

Mas a voz se fora. Chorava apenas, choro com a garganta, sem lágrimas, histeria só.

Outros padres apareceram, que foi, que foi, esse menino anda doente, é de tanta leitura, mas afinal o que foi? Os padres chegando, as luzes se acendendo, participais.

Quando pude falar, já não precisava mais, todos sabiam.

Voltei ao dormitório, amparado pelo padre Castro Pinto. O salão do dormitório aceso. Em torno do cubículo do Geraldo, todos ajoelhados. Meu cubículo aberto, Amauri bem na entrada. Batinas — o uniforme da noite de morte. De pijama, só eu e Geraldo.

A campainha tocando, ao longo do corredor. Padre espiritual fora buscar o viático, na incerteza da morte ainda. A campainha se aproximando, o som de prata cortando a madrugada inútil, padre espiritual de sobrepeliz pelo avesso, o viático inútil também, eu tentei me ajoelhar à sua passagem, mas me senti ridículo de pijama diante do Sacramentado que vinha ao nosso teto buscar um dos nossos.

Padre reitor dava a extrema-unção. O viático voltou, padre Castro Pinto me avisou para botar a batina, passei por cima das pernas do Amauri ajoelhado.

O tabique de madeira. Parecia tombado para meu lado. Em que ponto o soco da morte o tocara? Geraldo tentara me avisar? Fora a dor? O desespero? Não, não podia ser, Jesus era misericordioso, não deixaria que um seminarista morresse em desespero. Na certa Geraldo rezara, sim, ali estava, *cunctis, cunctis libe...* Geraldo rezava o *Sub tuum praesidium*, a invocação que rezamos à Nossa Senhora em horas de perigo, "sob a vossa proteção nos colocamos, oh, Santa Mãe de Deus..." *sed a periculis cunctis libera nos semper, Virgo gloriosa et benedicta!*

Geraldo parecia mais comprido, estendido na cama. O pijama pobre, Geraldo pobre, volta e meia lhe dava pares de meias, dia de minha visita com ele repartia meus doces, mamãe já fazia rocamboles especiais, Geraldo abusava, Geraldo nunca mais comeria rocambole.

"Parte, alma cristã..." Padre reitor espantava o sono ou as lágrimas? O ritual da extrema-unção. Pés ungidos, a sola amarelada, muito, mas muito amarelada, defunta. O óleo ficou brilhando. À espera da ressurreição dos mortos.

Missa. Os paramentos pretos, ninguém rezava — era o que parecia. Geraldo ali perto do altar, o caixão modesto e apressado, os seminaristas menores espantados, os círios se consumindo — amarelos, também. Geraldo calmo, não mais soco no tabique, não mais gemidos, Deus só.

No altar. Jesus Sacramentado. Àquela hora já julgara Geraldo. Geraldo já era. Eterno. Geraldo eterno dentro do caixão. Corpo de Geraldo inerte, espesso. Matéria emprestada à eternidade, eternidade má, espremia Geraldo, tirava o suco, jogava fora o bagaço. Bagaço — nossa paisagem. Até onde Geraldo era apenas bagaço?

Dia nascendo. O sol atravessou o vitral de São José e bateu na chama das velas, vencendo-as. Velas brancas, tremidas, escorregando a gelatina de lágrimas mornas.

A missa de *Requiem*. O celebrante alteia a voz para rezar o *Dies irae, dies illa*.

Quaerens me sedisti lassus
redimisti crucem passus
tantus labor non sit cassus...

"Em buscando a mim cansaste, me redimiste nos passos da cruz, tanto trabalho não seja em vão!"

Geraldo redimido. Geraldo glorioso.

Medo, tremendo medo dentro de mim, de que Geraldo não estivesse salvo.

Geraldo era diabético. Não se cuidava, não dava importância à moléstia. A morte bem longe. Geraldo ia estudar em Roma, no Instituto Bíblico, faria curso de Sacra Escritura, era bom no grego, nas línguas orientais. A morte não entrava nisso, estava longe, impossível — sempre impossível.

Há um ditado entre nós: *sacerdotis sors, repentina mors*. A sorte dos sacerdotes é a morte repentina. Morte sem sofrimento, o juiz chegando de repente, e eis que te dei dez talentos, e eis que sois o sal da terra e a luz do mundo e colocaste a candeia dentro do alforje para que não brilhasse. E eis que o Senhor chegou e as virgens incautas não tinham azeite em suas candeias e saíram em busca de luz alheia, mas era tarde, o Senhor tinha chegado, cinco prudentes virgens o esperavam.

Enterro. O senhor arcebispo comovido. Todos choravam. A eternidade derrotada pelo amor — ninguém rezou.

Depois a noite. Noite tremenda, noite dos aflitos, dos náufragos. Cinco prudentes virgens.

Mundo resumido no tabique de madeira. Semitombado para o meu lado. A qualquer momento um soco. E as cataratas do céu se abririam e inundariam minha alma de pavor e redenção.

18 de dezembro

Três meses sem diário.

Tanto tempo esquecido no fundo da gaveta. Pior é que me esqueci também, no fundo de mim mesmo. Mas isso não importa.

Como resumir os meses do fim do ano? Dizer que fui infeliz? Seria mentira. Que fui feliz? Exagero.

Vivi. Dia após dia. Cadeia de fatos que acontecem para dar direito a outros que deverão acontecer. As emoções passando, abatimentos seguidos de exaltações, exaltações de abatimentos.

No meio: uma tranquilidade imerecida que não sei como veio parar em mim.

Período calmo. Os estudos me absorveram por completo. Li pouco. Estudei muito, isso sim. Cheguei a fazer bons exames, como há muito não fazia, desde o quarto ano do curso menor. Terminaram ontem. Passei para o segundo ano de Filosofia com média geral 8,6. Um gênio em fecundação.

Foi a melhor média da turma, embora Eduardo tivesse maior número de laudes. O desgraçado tirou 10 em Ontologia, 10 em Lógica Maior, 10 em História da Filosofia, notas máximas nas três matérias principais. Chorei meu 10 em Ontologia, fiz boa prova, esperava laude também, mas tirei 9,8. Os dois décimos foram descontados talvez ao meu latim, rebeldemente na construção direta, desde os primeiros anos que padre Cipriano me advertia, latim não é francês.

Exames terminados, tratei de arrumar minha mesa de estudos. Um caos. Durante a febre pelos estudos não me sobrava tempo nem vontade de organizar papéis e apontamentos, tudo se amontoava. Meu intempestivo ardor estudantil custou-me uma repreensão do padre Chico. Tachou minha mesa de covil.

Cá no covil, a serpente se desenrola e tenta um aprendizado de ovelha. Abrindo a última gaveta dei com o caderno verde — meu esquecido diário. Reli páginas, evitei as últimas, nada com a morte do Geraldo, fantasma intocável agora, somado a outros.

Hoje começam as férias. Só em março voltarei a este estudo e ao diário. Não o levarei para Itaipava.

Passarei uma semana em casa de meus pais. No tempo de seminário-menor eram apenas três dias. Íamos dia 22, passávamos 23 em casa e voltávamos 24 para a Missa do Galo. Dizem que são períodos difíceis na vida do seminarista. Para mim nunca foram. Pior é a monotonia de momentos aqui dentro mesmo.

Foi um fim de ano triste. A começar pela morte de Geraldo. E a apostasia do padre Mesquita. Lecionava Biologia e Química no seminário-menor, estudara em Roma, tocava órgão, dois doutorados, "uma grande promessa para a causa da Igreja", como dizia o senhor arcebispo, que morria de amores por ele.

O Natal vai encontrá-lo de tonsura crescida, sem batina, votos traídos, as mãos ungidas e consagradas a Deus enlameadas pelo contato de carne má. Não dirá a bela missa da meia-noite. Em vez do Cálice com o Sangue do Senhor, beberá champanhe em companhia da mulher que o perdeu. Foi a mulher mesmo? Ou a perdição já estaria nele há muito, como o fruto dentro da semente?

A apostasia abalou-nos profundamente, não que o estimássemos de maneira especial. Mas qualquer apostasia é impacto para nós, o pavor de nossas almas, acordamos à noite, encharcados de suor, coração aos saltos, quando sonhamos com traição igual.

Tenho conversado com padre reitor. É o responsável pelo meu soerguimento espiritual. Deu-me moral. Após conversa com o senhor arcebispo, alguns casos disciplinares com o padre Chico, a morte do Geraldo ainda por cima — quase desesperei. Abandonaria tudo. Padre reitor ajeitou a situação. Falou com padre Chico, que me deixasse em paz, eu seria diretamente fiscalizado por ele, ninguém mais se intrometeria em minha vida. Falou também com o senhor arcebispo, ficou de fiador pelo meu caso. Sua Excelência passou a tratar-me com outros modos, deixou de fazer alusões em público que me mortificavam ou envergonhavam.

Entretanto, tomei com padre reitor um compromisso. O de me abrir inteiramente com ele. Fizemos um pacto: em troca das regalias que me dava, exigia que eu procurasse vencer minha inquietação, a morbidez em tudo pretender ao mesmo tempo, de não ser perseverante em nada. Disse uma frase que me impressionou: "Você parece onipotente em sua impotência!"

O dia em que desistisse da luta, ou nela tombasse vencido — que o procurasse para providenciar minha saída.

Animou-me o que pôde. Chegou a afirmar que da minha têmpera é que saíam os bons sacerdotes. Em compensação — reconhecia —, em mil casos iguais, apenas um chegava ao fim da jornada.

— Você precisa ser esse um! — disse, com entusiasmo.

A conversa com padre reitor foi o melhor entendimento que até hoje tive com outro homem. Acredito que ele tenha passado por aflições iguais. E, no entanto, é padre com grande noção de sua missão sacerdotal e humana. Essa opinião não é só minha. Até Eduardo, tão severo em julgar os outros, que bota defeitos em São João Batista, em São Pedro, que acha o papa pusilânime e o senhor arcebispo completamente tolo, considera padre reitor o sacerdote mais extraordinário de todos os que conhece ou sabe existir. A maior realização, e a mais bem acabada, do verdadeiro ministro de Deus.

Bem, já escrevi bastante para o dia de hoje.

Vou fechar meu caderno verde. Na página branca que se segue escreverei um FIM bem grande, para encher a página e acabar o ano.

Falta registrar uma mania nova: para tudo agora pergunto: o que adianta para a eternidade?

Que é eternidade? Aceito por ora a definição meio convencional e didática: a posse simultânea e perfeita de uma vida sem começo nem fim, *interminabilis vita tota simul et perfecta possessio.*

Imortalidade não basta aos inquietos. Eles terminam santos ou loucos. Deus mais inquietude é santidade. Inquietude mais inquietude é igual à lucidez — que talvez seja a forma complacente da loucura.

1945

18 de abril

Mais uma vez.
O caderno parece ficar mais verde à medida que o esqueço. Poeira nas dobras. A vida lá fora me arrastou, alegrias e desapontamentos. As páginas brancas do diário. Aqui escreverei vida.

Olho dentro da gaveta. O corpo de papel repousa no fundo, junto a tinteiros e lápis. A folhinha do ano passado que esqueci de desfolhar parou no dia 25 de junho. Ah, tem também um livro, escondido há muito, nem me lembrava dele, *L'imoraliste*, de Gide. Livros piores já viram o pó de minha estante, mas este ficou por ali mesmo, no fundo e na treva.

Imagino: se os seres inanimados, como naquele conto, não adquirem vida quando bate meia-noite. Olho profundamente a gaveta. Impressão de que os objetos esparramados movimentam-se todas as noites. Que conversas? Que danças macabras ou que bacanais?

Para preservar sua pureza, para que não se profane com a promiscuidade de um homossexual convicto como Gide, vou promovê-lo à gaveta do meio. Ficará com livros mais sérios e menos comprometedores. Embora perigosos, nenhum de trato suspeito. Por cima de Nietzsche, mas por baixo do Renan — o superado.

Um tanto de preguiça. Mas vamos ter uma conferência sobre assistência aos operários, um dominicano belga entende do assunto, fundou grupos jocistas na Europa, vou ouvi-lo e talvez durma no meio.

19 de abril

Acordei pensando no caderno verde. Mal pude, vim correndo ao estudo. Ontem, afinal, nada escrevi. E hoje, agora que estou sentado diante das folhas brancas — descubro que preguiça é a de hoje.

Não farei um relato dos meses que passaram. Pulei de dezembro a abril. Mas não quero que o diário tenha hiato tão longo.

As férias foram boas, embora inferiores às do meio de ano. Como que a morte de Geraldo e a apostasia do padre Mesquita maculavam os campos e a nossa alegria. Muita chuva também, para atrapalhar. Chove nessa época do ano e Itaipava com chuva é o dormitório onde se dorme ou se lê o dia todo.

Semanas inteiras a assistir o desmoronar das nuvens. As prateadas frondes das embaúbas. O roxo espocar das quaresmas. O barulho bom dos açudes transbordando, Paulo Sá de pelerine fisgando traíras — uma figura que a chuva açoita e o vento fustiga. Padre Castro Pinto, quando vai à estação buscar a correspondência, volta com as botinas reforçadas de lama.

E surge de repente um dia de sol. A retomada dos campos é matinal. A terra cheira bem, como um fruto que a noite amadureceu.

Passei a gostar dos dias de chuva. Bons para a leitura e levei muita coisa para ler. Spencer em versão espanhola, o *Contrato social*, as memórias de Trotski, volumes de Toynbee, um relato tolo que me deu frio e fome, do almirante Bird, sobre expedições ao polo. Uma boa série de Sermões de Vieira, alguns romances, poucos poetas, A *vida do arcebispo*, de frei Luís de Sousa, o melhor estilista da língua, mas apenas isso.

Por falar em arcebispo, o nosso foi passar uns dias conosco, conferiu tonsura a alguns colegas e as duas primeiras ordens menores ao Bessa e ao Rolim.

Muito teatrinho para temperar as noites de chuva. O Nestor teve o mau gosto de fazer poemas à morte do Geraldo, as cópias andaram de mão em mão, até que deram sopa, apanhei-as todas, rasguei-as, na eternidade Geraldo me agradecerá.

Juvenal elaborou um complicado sistema filosófico adaptado às necessidades da vida contemporânea. Passou as férias erguendo silogismos, a apresentar objeções que facilmente refutava. O novo sistema, que ameaça os alicerces da escolástica e torna, segundo o autor, Kant e Descartes saltimbancos de subúrbio, terá o nome de *Juvenalis*, em homenagem ao próprio, pois começa o seu artigo primeiro com a pergunta: *Juvenalis sum. Cur?* Sou Juvenal. Por quê?

As partidas de futebol foram tão fracas quanto o sistema do Juvenal. Não houve clima para repetição da memorável peleja de julho, mesmo assim fizemos duas partidas e em ambas perdemos. Fiz um tento numa delas, graças à camaradagem do Danilo, meu marcador. Teve pena de mim, deixou que entrasse pela área, sou fraco nos dribles, mas chuto bem. Quando obtive ângulo mandei um tiro seco que o goleiro teve de ir apanhar nas redes.

Expulso o Sebastião. Encrencas tão cabulosas que nem os mais informados souberam das razões. Sebastião era provinciano, veio já rapazote para o seminário, custou a assimilar hábitos civilizados e religiosos. Não tinha problemas de ordem interior, mas sua vitalidade era perigosa para a liberdade que gozamos pelas montanhas e prados. O cheiro apetitoso do mato aguçou-lhe os instintos e ele na certa fez besteira.

Eduardo, papa da maledicência, Fouché da comunidade, que tudo sabe, prevê, adivinha ou inventa, fez mistérios tão grandes, ar tão escandalizado e contrito, que passou a gozar fama de saber. Eduardo *sabia* — era a voz geral.

Fui espremê-lo, para obter caldo.

— O Sebastião era um exuberante e um primitivo — começou ele. — Não tinha imaginação nem complicações de espírito. Quando tinha fome, comia. Quando tinha sede, bebia.

— Só?

— Não. Quando tinha sono, dormia.

A insinuação era clara.

— Mas... com quem...?

Foi aí que Eduardo fez cara mais misteriosa ainda. Digrediu sobre costumes do homem do interior, facilmente habituado a taras repelentes na cidade, mas explicáveis no campo. Como ameaçasse ir longe, sem nada positivar, fiz gesto de abandoná-lo.

Eduardo agarrou-me o braço, riso cheio de elipses mentais.

— Você reparou que no dia seguinte ao da expulsão do Sebastião tivemos ao almoço uma cabritinha? Em geral, o feitor daqui não mata cabritinhas, dão cria e leite futuramente. Mas estava gostosa. Pena que o Sebastião, tão apreciador das coisas boas da vida, não tenha podido provar. A menos que tivesse provado na véspera.

Tanta repugnância causou-me engulho.

20 de abril

Podia falar mais um pouco sobre as férias.

Vistas a distância, porém, perderam qualquer significado. Que que resiste?

No Rio: o retiro espiritual do ano. Bem diferente do ano passado. Um arrastado deserto. Bem que procurei ouvir a voz de Deus, mas ela não chegou até mim. Tentei recuperar o tempo perdido nos últimos dias e o desânimo me embruteceu de todo. Cheguei a violá-lo, escrevendo carta para um colega em Roma.

Ano passado fiz o melhor retiro que poderia ter feito. Feitas as contas, vejo que não adiantou. Não fosse a interferência, estranha aos meus planos, de padre reitor, e eu teria sucumbido. Minha desintegração foi adiada apenas — eis a principal descoberta do retiro deste ano.

As aulas recomeçaram. Quase os mesmos professores. Quase as mesmas matérias. Em vez da Ontologia, a Cosmologia. Em vez de Crítica, a Psicologia. Padre Ulisses, pernambucano esquizofrênico, metido a moderno, dará elementos de Psicologia Experimental — grossa baboseira se comparada à Psicologia Racional. Padre Cipriano dará Grego Bíblico e Matemática. Padre reitor instituiu cursos de extensão cultural. Inscrevi-me em alguns. Farei Interpretação da *Divina comédia* com padre

Tapajós, Arte Sacra com padre Newton, e Exegese com o próprio padre reitor.

Vamos bem nos estudos. Eduardo, que no ano passado ameaçava ser ótimo aluno, superou as expectativas, discute com professores, tem cabeça filosófica, é trabalhador, fora de qualquer dúvida, é o melhor aluno de todo o seminário. Mesmo assim, cultiva certa rivalidade comigo. Ele só se dedica às matérias do nosso curso. Sabe que eu devoro outro tipo de livros, a maioria condenada nos seminários de todo o mundo. Apesar de tudo, somos amigos. No fundo, um admira o outro. O resultado é que formamos uma dupla especial no meio dos outros. Temos até mesmo nossos discípulos que brigam por nossa causa.

21 de abril

Sessão na Academia, em homenagem a Tiradentes.

Nestor fez um discurso de improviso tocando malho no herói. Para ele, Tiradentes nada mais era que um injustiçado pelas autoridades reais, preterido numa promoção e engajado no movimento revolucionário a título e função de moço de recados. Nada de nobreza ou de ideal em sua atitude. Não era um intelectual, como os demais inconfidentes. Simplesmente um alferes ambicioso e mesquinho que entrou na conspiração para derrubar seus superiores na região — tanto lhe bastava ao ódio ou ao despeito.

O discurso do Nestor apanhou-nos desprevenidos. Padre Chico, presente à reunião, foi à tribuna e protestou. Mas em vez de fazer luz sobre a história, limitou-se a desancar Nestor com a habitual torpeza. Na parte referente ao herói, repetiu lugares-comuns que aprendemos nas escolas primárias, nos discursos de professorinhas em dias de exaltação cívica.

Por prevenção contra padre Chico, fiquei a favor do Nestor. Não ocupei a tribuna — pouco entendo do assunto, o que sei é o mesmo que o padre Chico e outros sabem e repetem. Mas começo a perceber que a História é um blefe.

E a certeza de que padre Chico é um ignorante.

22 de abril

Nestor voltou-me a preocupar. Desde ontem passei a olhá-lo com mais interesse. Está revoltado contra padre Chico. Isso nos aproxima. Até hoje eu não engoli os desaforos daquele gorducho cretino. Geraldo e eu tínhamos um ritual próprio para nos entendermos a esse respeito. Raro o dia em que não mantínhamos, pelo menos, uma troca de olhar que nos bastava.

Mas Geraldo morreu. Levou para o céu o perdão — na certa. Eu rastejo na terra e não esqueço nem perdoo. Procuro Nestor e formo com ele uma confraria à parte, cuja finalidade é o ódio.

Mas Nestor é diferente de Geraldo. Afora o ódio comum, nada mais nos une. Frágil a aliança dos ódios. Toda vez que conspiro com ele sinto nojo de mim mesmo.

28 de abril

À noite, fui falar com padre espiritual.

No seminário-menor nos chamava todos os meses, independentemente de nossa vontade. Quando passamos para o maior, avisou-nos que não mais nos chamaria. Quem tivesse necessidade de direção espiritual o procurasse.

No ano passado andei arredio. Fui lá, quando muito, umas quatro vezes. Lógico, meu dever era ir mensalmente. Mais grave é que este ano o carro ameaça pior marcha.

Quando lhe dei conta disso, ele concordou. Sim, notara meu afastamento, não sabia a que atribuí-lo. Foi então que vi claro: há muito transferira minha direção espiritual para padre reitor. Quando acabei de contar tudo, padre espiritual aprovou. Ouviu-me com atenção, com a ternura de sempre. Elogiou o pacto firmado com padre reitor, animou-me a vencer. Acompanhara a evolução de minha crise. Com ele venci as primeiras escaramuças que se abatem sobre a vocação sacerdotal.

Nos anos iniciais da puberdade venci a crise sexual que se esboçava — uma quadra difícil, o fogo dos sentidos subindo cá de dentro e a gente tendo vontade de gritar para não pecar. Crise que ceifa muitas vocações no nascedouro. Eu vencera. Seria pena, um desperdício da Graça, se botasse tudo a perder por amor a meia dúzia de ideias provisórias.

Com poucas palavras, padre espiritual encheu-me de confiança e de alegria. Que me apegasse à Virgem Maria, padroeira e dona de minha vocação. Ela não me desampararia.

Saí de lá com uma vontade danada de vencer.

29 de abril

Só agora dei por grave esquecimento em minha direção espiritual de ontem. Involuntariamente, eu não disse nada sobre um fenômeno novo que vem ocorrendo comigo: a vida interior que começou a nascer, paralela à espiritual, criando-me um mundo de escape onde posso descansar à vontade ou sofrer sem vontade.

Há dentro de mim uma vida nova. Não mais a espiritual, voltada para Deus, preocupada em adquirir méritos ou evitar deméritos. Uma vida interior diversa, hidra adormecida que só agora desponta. Vida complicada, sem qualquer fraternidade com a vida física, até mesmo em antagonismo com todas as demais vidas que se permitem a um homem. Que me nasce naturalmente, cresce silenciosamente, como as unhas e os cabelos.

Cultivo-a com carinho, quase enciumado. A ela devo os melhores momentos — aqueles que mais espero, para os quais fujo, apressado, da vida exterior ou da espiritual às vezes. A ela devo, sobretudo, a lenta e suave transformação de perspectiva do cotidiano — os alambiques de dentro destilam incessantemente soros neutralizantes para os germens de desespero.

Apesar de tudo, é uma vida interior que às vezes dói, por si mesma.

30 de abril

Grave incidente para perturbar a tranquilidade da nossa vida.

Desta feita, provocado e levado a efeito pelo próprio senhor arcebispo. Veio enfurecido do palácio, para desabafar aos gritos com os nossos superiores, que nada tinham a ver com a história.

Padre João Carlos, que fora nosso professor de latim no seminário-menor, e mais tarde feito coadjutor de uma das melhores paróquias da cidade, largou a batina. Não sem antes escrever uma carta desaforada e bastante injusta para o senhor arcebispo.

Parece que a carta, mais que a apostasia em si, doeu em Sua Excelência. Daí seus berros. Suas ameaças. Enfurecido pelos próprios gritos, derivou a exasperação para o resto de todo o clero. Foi então um revolver de roupa suja muito desagradável para todos, padres e alunos.

Queixou-se, principalmente, da má vontade do clero mais antigo da arquidiocese, daqueles que exerceram postos de relevo na gestão do senhor cardeal e que relutam em acatar suas ordens, movendo-lhe uma campanha de descrédito e malquerença. Tachavam Sua Excelência de adventício. Falou, depois, de padres que vinham de fora, expulsos ou desajustados de suas dioceses, para onerar a Cúria Metropolitana sem nada darem em troca, unicamente entregues a uma vida cômoda de missas de sétimo dia regiamente pagas. No restante do dia, nenhuma ajuda, nenhum sacrifício. Essa era a pior parte do clero, homens de meia-idade e de meia virtude, ociosos, gozadores, um passado escuso pelas cidades do interior.

E, como não podia deixar de ser, descambou para nossos superiores aqui do seminário. Que alguns se revelavam hostis à sua orientação, citou o nome de dois ou três como rebeldes, inclusive o meu — embora eu esteja ainda longe das ordens e seja apenas um aluno.

Falou ainda de outros colegas, ouvimos o nome de Eduardo e Amauri. O primeiro por ser esperto demais, o segundo por ser bobo demais. Falou no Zé Grande, que tivera a petulância de forjar uma fotografia, compondo com pedaços de outras fotos a primeira comunhão do senhor arcebispo. Recortou a cara de Sua Excelência de uma foto mais ou menos antiga, colou-a no retrato de uma prima que fizera a primeira comunhão vestida como uma noiva, de véu e grinalda.

A montagem fez rir o seminário inteiro, da cozinha à reitoria. Mas padre Chico confiscou a preciosidade, tomou um bonde Itapiru e foi ao palácio levar o flagrante delito. Sua Excelência ia tendo um derrame cerebral diante de sua efígie tão duramente aviltada. E agora ficávamos sabendo, Zé Grande caíra nas iras pastorais, na lista negra da qual ninguém escapa.

Em outro ponto o senhor arcebispo, além de inoportuno, foi grosseiro. Não resta dúvida de que certa parte do clero, trazida pelo falecido cardeal, goza hoje de alguns privilégios. Mas por acaso Sua Excelência não trouxe uma cambada de vigaristas que desde já usufruem de vida palaciana, sem nada quererem com o trabalho? Aqui mesmo no seminário temos exemplos dessas proteções. Dois colegas que aqui estudam e que vieram do Norte com Sua Excelência são intocáveis, funcionam até como espias, gozam de mais regalias que o próprio padre reitor.

Teve um mérito isso tudo: abriu-me os olhos.

Descubro que jamais me submeterei aos métodos do senhor arcebispo. Jamais o terei como chefe e pastor. Seus hábitos, seu modo de ver as coisas me repugnam. Não posso me ordenar sob sua jurisdição. Não poderei contrair obrigações diretas e pessoais com ele.

Falarei com padre reitor. Me arranjará um bispo que tenha necessidade de padres. Padre reitor foi colega do bispo de Valença, talvez me consiga um lugar por lá. Será duro para meus pais, querem que eu fique no Rio. Mas Valença não é longe, posso vir visitá-los. O pai, quando se aposentar, poderá ir morar comigo. Além disso, assim como quis ser padre, podia ter querido ser missionário — e a África, sim, é que é longe.

Não posso me ordenar sob o jugo de semelhante homem. Não lhe faltam enormes qualidades. Um ardor sacerdotal a toda prova, uma castidade férrea, um senso muito elevado de suas responsabilidades e de seus deveres. Notável, quase sobre-humana, sua capacidade de trabalho. Mas é um homem falho de certa aura humana, de certa humildade pessoal. Nele coabitam dois homens: o sacerdote de Deus e o militar fracassado. E é uma lástima quando o homem de Deus é dominado pelo sargento que grita contra sua própria sombra.

1º de maio

Nem o início do mês de Maria atenuou a má impressão causada pelo senhor arcebispo. Estamos todos constrangidos e humilhados. Padres e seminaristas.

A decisão que tomei ontem está de pé. Apenas não falarei já com padre reitor. Darei tempo ao tempo. Deixarei para o fim do ano, pois percebo que padre reitor, no silêncio e na humildade, cala protesto igual.

Se for agitar mais ainda o temporal, é possível que minha decisão seja a gota d'água que transbordará o copo.

2 de maio

A ladainha de hoje foi particularmente bonita. Os altares iluminados e floridos. Os cânticos, os hinos à Virgem. Tudo penetrando até o fundo a alma triste. Ternura para com Deus me assaltou de repente. Não pude esconder o brilho dos olhos.

Eduardo, a meu lado.

— Traga o lençol para chorar amanhã.

Fiz um gesto tolo, com os ombros. Não, não era lágrima nem ameaça de.

Talvez a fumaça do incenso que queimava. E, por um instante, acreditei comigo mesmo que era o incenso.

4 de maio

Agenor, o do pigarro que parece descarga de latrina, é bom. Escrupuloso. Passou o dia de ontem rezando um infindável rosário. Creio que prometeu a Nossa Senhora três rosários por dia durante o mês. Não tem hora nem para brincar. Só o terço nos dedos, lábios mexendo, mexendo, em ave-marias insaciáveis. Sua piedade sempre me edificou.

Outro que volta e meia anda de terço pelos recreios é o Décio. Os padres são contra a prática de piedade nos recreios. Para rezar, a gente tem de se afastar dos outros, ficar pelos cantos. Mesmo assim, alguns conseguem a proeza.

Quando vejo o exemplo deles, sinto-me ímpio.

6 de maio

Sessão na Academia.

Belo discurso fez o Marcílio. Pedi a papelada para copiar alguns trechos: "Todas as necessidades foram absolutizadas, exceto a necessidade do absoluto."

Foi surpresa para muitos. Habituados a ver Marcílio preocupado unicamente com os esportes. Tem veleidades de goleiro e vez por outra compromete o time inteiro. Mas é um grande jogador de vôlei e tênis. Agora, revela-se sob outro ângulo: um sujeito bem lido, inteligente. Maduro.

7 de maio

Acabo de ler dois livros sobre a Revolução Francesa. Assunto curioso para estudo. Que tipos! Um Robespierre — o grande incorrupto —, um Fouché, o grande corrupto, Danton, Marat, o coitado Luís Capeto, Maria Antonieta, a do Petit Trianon, Mirabeau — que tem um xará perdido aqui no seminário e que, em honra ao nome, todos os anos faz um discurso incendiário diante de Judas nos sábados de Aleluia — e finalmente, vulto principal, enorme, gigantesco, saído da forja dos deuses, Napoleão.

Juntamente com o cristianismo e a Revolução Russa, alterou o panorama da humanidade. Tenho vontade de fazer um paralelo entre os três grandes movimentos. Receio que não me deixem consultar livremente a biblioteca. Cantù é muito falho e está superadíssimo. Há muito que estudar, meu Deus!

11 de maio

Procurei padre Cipriano, que hoje faz anos.
Padre Cipriano.
Sentimento todo especial. Fui de sua divisão, no seminário-menor, durante mais de cinco anos. Entrei para lá criança, saí

jovem. Com ele fiz a grande passagem. Recebi influências que perduram até hoje e perdurarão sempre — creio. Claro, nem tudo foi bom. Tivemos aborrecimentos, revoltas, algumas injustiças de parte a parte. Mas seu valor humano sobrenada: seus defeitos, que tão aberrantemente aparecem à primeira vista, olhados com maior profundidade, são justamente suas melhores virtudes.

Mais que a meu pai, a ele devo minha formação. Tudo o que é bom em mim, este pouco que não satisfaz a ninguém e que me envergonha, devo a ele.

Tem passado maus momentos com o senhor arcebispo. Sua Excelência tirou-lhe a sua divisão. E padre Cipriano preferiria perder o próprio sangue a seus alunos. Bem que Sua Excelência, nesse caso, procurou fazer-lhe justiça. Padre Cipriano é o único dos nossos superiores que possui três doutorados, o de Filosofia, o de Teologia e o de Direito Canônico. Ao tempo dele, foi o aluno mais brilhante do Pio Latino-Americano, de Roma. É o melhor latinista do clero brasileiro. Leciona em diversos cursos, matérias que vão do Hebraico à Biologia. Toca piano, órgão, arranha violino. Cônego catedrático. Pinta nas horas vagas. Possui imaginação prodigiosa — que nos encanta na medida exata em que o perde.

Minhas melhores recordações da meninice são suas histórias: nas noites de Itaipava, mal acabado o jantar, o corre-corre para apanharmos lugar no quiosque. Padre Cipriano sentava-se no meio de seus alunos e começava. Histórias que demoravam semanas, meses, terríveis de bonitas. Mistura de Scheerazade e de folhetim, de filme em série e novela de rádio, ele dosava curiosidade com emoção em cada noite que funcionava como capítulo de sua formidável capacidade de inventar aventuras. Pedro, o Olonês. O homem da pipa. O judeu que fazia magnólias. Uma comprida e complicada adaptação da *Tosca* que mais tarde vim saber apócrifa: na versão do padre Cipriano, Mário era um missionário, Tosca uma virgem intocável e Scarpia um pastor protestante, a trama era fabulosa. E para torná-la melhor, volta e meia ele cantava trechos esparsos, *Recondita armonia, E lucean le stelle*, sua voz engrossava para fazer o Scarpia e era terrível quando ordenava: *Tre sbirri... una carrozza...*

Pediam a padre Cipriano que escrevesse suas histórias. Encabulado, jamais pensaria nisso. Contava pelo gosto de contar, dar escape à sua imaginação.

Imaginação que o perdia. Padre Cipriano inventava batalhas em que os Aliados sempre venciam os alemães. Chegou um dia com o recorte de jornal: a máquina infernal que um brasileiro descobrira e cedera especialmente ao presidente Roosevelt. Coisa quadrada, com buraquinhos e botões. Aquela máquina — explicou padre Cipriano no quadro-negro — matava à distância. Bastava sintonizar os botõezinhos e Hitler estourava nos porões do Reichstag. O couraçado *Bismarck* iria para o fundo dos mares sem ser necessário o disparo de um único tiro de canhão. Era não apenas o fim da guerra, mas a invencibilidade eterna das forças do Bem, no caso representadas pelos Aliados.

Dias depois, Zé Grande recebe laranjas de um parente de Nova Iguaçu ou Nilópolis. E, coincidência atroz, o mesmo engenho lá estava, igualzinho, numa folha do *Jornal do Brasil* que embrulhava as ditas: era o anúncio de um fogão a gás de quatro bocas, novidade no mercado, vendido a prazo.

No futebol, padre Cipriano era estúpido, avançava com sua força de homem-feito contra crianças, fazia devastação nos times contrários, até mesmo no próprio. Deu-me um trompaço certa feita que baixei à enfermaria. Inventava regras que só beneficiavam a ele — um descarado. Roubava onde podia roubar e até onde não podia. Chegou ao ponto de impingir a regra: gol feito por ele valia por três. Gol provindo de passe seu, valia por dois.

Mesmo assim os escores saíam apertados, o pessoal contrário fazia disso questão de vida e morte. Padre Cipriano botava tudo em jogo, sua honra, sua dignidade de sacerdote — tudo. Ameaçava excomunhões, um dia tomou um drible humilhante do César, saiu atrás dele pelos corredores, invadiram recreios, salões de aula, até que padre Cipriano conseguiu agarrá-lo. Sacudiu-o com força, não podendo sová-lo, excomungou-o com fórmulas latinas que na certa ele inventou na hora. César tinha de ir a Roma tirar a excomunhão com o papa — propalou-se pelo seminário inteiro.

O pênalti do Macário. Macário tinha um chute forte, definitivo, letal. A partida terminara empatada, mas no último instante, padre Cipriano, para evitar um gol, agarra a bola com as mãos dentro da própria área. Não houve jeito de anular o pênalti. Macário ajeitou a bola para cobrar a penalidade. Padre Cipriano mandou seu goleiro às favas e ficou embaixo das balizas.

— Quero ver quem é homem para bater esse pênalti!

Macário ajeitando a bola. Tomou distância. Um chute que o padre Cipriano nem viu por onde passou a bola.

— Não valeu!

— Não valeu por quê?

— Eu não estava preparado! Chuta outra vez!

Novo chute. Padre Cipriano atirou-se ao chão, ensanguentou-se, a bola estufou a rede. Aí foi a tragédia. Agarrou Macário, esfregou-lhe o sangue pela cara, toma, miserável, fica marcado com o sangue de um padre, isso nem no inferno se apaga! Fez cruzes de sangue pela testa do Macário, chamou-o de Átila, Flagelo de Deus. Foi um escândalo. Padre Cipriano passou dias emburrado, chorando pelos cantos. Suas lágrimas faziam mal. Pareciam as de um Deus chorando, é doloroso ver isso.

Criança que nem os doutorados, nem o sacerdócio conseguiram estragar. Mais de quarenta anos no lombo, o mais inocente de todos nós, o mais puro.

À noite, após as orações do dormitório, ia de cama em cama para abençoar seus alunos. O terço nas mãos. As brigas mais sérias, as que pareciam mais definitivas e aterradoras, terminavam naquele simples beija-mão, "Deus te abençoe, Macário". Precisasse um de nós de padre Cipriano! Aquele sangue, quente às vezes, era nosso.

Como todos os temperamentais, é sentimental. Não se lhe pode demonstrar afeto, tem vergonha de se saber estimado. Vê seus meninos crescerem, estudarem Filosofia, discutirem com ele nas aulas os problemas sérios, se doutorarem. Tem orgulho deles — um orgulho que se transforma em vergonha pessoal. Evita-os, não gosta que gostem dele.

Ficou abalado com meu abraço. "Vocês ainda se lembram de um pobre velho que não serve para nada!" Pobre velho? O mais jovem de todos, o eterno jovem que sobe ao Altar de Deus, que alegra a sua juventude.

Posso trilhar os mais absurdos caminhos. Chegar a papa ou a anticristo. Terei padre Cipriano intacto, num lugar todo especial do coração. Sinto-me bom sabendo que gosto do padre Cipriano.

12 de maio

Aniversário de outro amigo: padre espiritual.

Nossas relações são mais cerimoniosas, dada a importância e a natureza de suas funções. Quando entrei para o seminário, ele era um padre mocinho e meio enfezado. Uma pontinha de gênio. Funcionava. Era ecônomo, vivia às voltas com a compra e venda dos objetos escolares, economizem tinta, não desperdicem papel. Subitamente, o cardeal o nomeia diretor espiritual do seminário, a função mais difícil de toda a casa. A mudança que nele se operou foi radical.

Desde então tem sido amigo fiel, para todos. Guia. Amigo. Pai. Afeiçoei-me a ele de forma profunda, total. Muitos pecados deixei de cometer em consideração a ele. Quem protegeu minha vocação durante os anos mais cruéis do seminário-menor, com suas crises, angústias, desesperos.

Se não chegar ao fim da jornada, não tenho por que queixar-me.

16 de maio

Dois colegas abandonam a estrada. Mão no arado, olham para trás. Um deles era da minha turma, entramos juntos, estivemos juntos esses anos todos. Rapaz inteligente, disciplinado, honesto, sério, tinha problemas de ordem interior. Eu sabia que andara se expondo durante as férias, em casa. Isso perturbou sua tranquilidade. Lutou até agora. Tenho certeza de que fez o possível para vencer. Terminou vencido.

O outro não. Hipócrita que passava por aluno exemplar. Capaz de patifarias. Bajulava superiores, o senhor arcebispo volta e meia apontava-o como exemplo disso ou daquilo. Mantinha correspondência clandestina com uma prima, colava nos exames, fumava escondido, maltratava os bichos e os novatos. Mas bastava ver a batina roxa de Sua Excelência e lá vinha falando na cura das almas, em problemas transcendentais do apostolado. Estava cotado para fazer teologia em Roma — como prêmio.

Padre reitor o tinha na alça de mira. Esperou a oportunidade e vibrou-lhe o golpe de misericórdia. Antigamente, quando algum de nós abandonava o seminário, saía veladamente, escondido, quase escorraçado. Era um réprobo, um condenado ao inferno que deixava os anjos do paraíso.

Agora, à noitinha, padre reitor apareceu com os dois ex--colegas pelo braço. Apresentou-os com palavras carinhosas, que eles não se esquecessem dos amigos que ficavam aqui dentro. Nós não esqueceríamos deles. Concedeu-nos um recreio extraordinário para as despedidas.

Fui dos que ficaram abafados. Vago pressentimento aqui dentro, medo de que amanhã haja um outro recreio extraordinário.

17 de maio

Passamos os recreios comentando a saída dos dois colegas.

Isolei-me dos outros. Prefiro meditar sozinho. Aqui, no estudo, contemplo a mesa de um deles, bem à minha frente. A cadeira inútil já acumulou o pó desta manhã. A estante vazia

— um esqueleto de madeira sem a carnação dos livros. A mesa parece um altar abandonado. Ali, ele sonhara e lutara. E sofrera. Veio a solução, solução que parece a morte pela metade. Dói mais por causa da metade que persiste para continuar sentindo falta da outra.

Um dia, talvez, o pó das manhãs se acumule na minha mesa. Minha estante ficará ridiculamente vazia, espetada no ar, como um andaime. Vontade de dar um talho no braço e com meu sangue escrever um nome neste chão.

19 de maio

Um encontro marcado.
Podia dizer: com a fatalidade. Seria mais cristão ou mais verdadeiro dizer: foi a providência de Deus. Mas prefiro que seja a fatalidade, sinto-me humilhado sabendo que fui atingido por ela. E absolvo Deus.

Após o almoço, desci com Mário para passear pela alameda que vai até o pomar. Descemos pelo pequeno atalho ao lado do salão do refeitório. Tínhamos de passar pelos fundos da casa do porteiro do seminário, que lá mora com a família. Íamos tranquilos, recordando trechos da *Eucaristica* de Perosi, que ensaiávamos para o dia 31.

De repente. A filha mais velha do porteiro, Luísa, nuinha em pelo, a tomar banho de sol.

Visão breve e luminosa. Durou muito pouco em nossa retina. Ameaça doer mais em nossa carne.

Como? Simples visão de alguns segundos pode romper minha eternidade?

Pode.

No momento, reagi melhor do que esperava. Sempre assim. Depois da queda não sentimos dor, mais tarde sim, o corpo moído, chaga arroxando, carne magoada.

No pomar, não tivemos assunto. De olhos baixos, nem sequer falamos. Combinamos ir ao reitor, juntos, o porteiro precisava ser advertido. Em nenhum lugar do mundo se admitia aquilo, uma guria de dezesseis anos a tomar banho de sol, nua entre laranjais fecundos.

Não comentaremos o incidente com mais ninguém. Só com padre reitor.

20 de maio

Padre reitor baqueou.

Diante de nossa aventura caiu fulminado.

— Uma coisa dessas! Acontecer logo sob minha responsabilidade.

Recebeu a notícia compenetrado de sua culpa. Era o guardião, o protetor, o responsável pelo ambiente livre de tentações estranhas que deveríamos respirar aos pés do santuário. Tínhamos visto uma jovem nua. Ela, coitada, não perdia nem ganhava nada com isso, era ingênua, talvez não tivesse maldade ou consciência do mal que poderia causar. Nós também nada tínhamos que responder. Estávamos descuidados, confiantes de que a guarda funcionava, que nossas vocações e nossos sentidos recebiam uma rede de proteção eficiente, feita por homens experimentados. Uma equipe de superiores a velar pela manutenção de um ambiente puro.

E de repente, a moça nua. Ali, bem ali, à luz do sol. O quadro terrível, a visão que dia após dia, com suores e lágrimas, tentávamos riscar de nossas mentes, de nossas carnes.

E quem era o culpado? Padre reitor apontava para o próprio peito: ele, ele o imenso e único culpado. E se arrasava de culpa.

Qualquer rumo que nossas vocações agora tomassem poderia ter como causa aquele desleixo seu. Sim, desleixo, não previra o perigo em manter dentro do pomar a família do porteiro. Não velara devidamente pelas almas que Deus lhe havia confiado, ficara a rever um plano para alterar os horários das aulas, seus afazeres eram muitos e complicados, não podia dar conta de tudo.

Tivemos de consolá-lo. Santo homem de Deus! Um padre como padre reitor vale mais do que todos os evangelhos e *Summae Theologicae*. Diz tudo, mesmo quando não diz nada e faz, como fez, esforço para não chorar.

21 de maio

Padre reitor pediu-nos que não tocássemos mais no assunto, não contássemos a ninguém. Que procurássemos esquecer. Ele tomaria providências.

Um desapontamento. Era leitor durante o almoço de hoje. No estrado ao centro do refeitório, procurava firmar a voz e ler uma interminável aventura de um missionário belga na aldeia de uns índios mexicanos.

Acabada a leitura, fui almoçar sozinho. Não tinha acabado ainda e pela janela que dava para o pomar vi um vulto se esgueirando.

Deixei a comida no prato e fui atrás, para ver quem era. Sentindo-se perseguido, o vulto parou mais adiante. Voltou-se. Era o Mário.

22 de maio

Maio prossegue. Belo, imperturbável. Apesar do incidente, encontrei forças para manter meus pensamentos e sentidos em castidade e pureza. Não fora o mês de Maria.

Quanto mais me afasto do dia cruel, mais a tentação me envolve. Logo após, não senti nada: a guria era um corpo diferente do meu que tomava banho de sol, como um cavalo ou uma égua nos pastos de Itaipava.

À medida que o tempo passa é pior. Toda a prática que condena a vida carnal, toda a educação que recebemos e que condena a vida dos sentidos, todo o mistério da fruta proibida — desta árvore não comerás! —, tudo começa a dourar aquele corpo com tons etéreos, fantásticos. Surge um fantasma imponderável, apoiado levemente na visão real. Não é impossível vencer uma tentação. Difícil é vencer um fantasma!

Durante o dia, os estudos, as preces, os recreios e a rotina me ajudam a dissipar a visão. Mas à noite, amortalhado pela escuridão, onipotente em minha solidão, aquele corpo branco banhado de sol se transfigura, treme, palpita, se aquece de estranho calor e me chama.

31 de maio

Maio chega ao fim.

Consegui manter intacta minha castidade. Graças à Virgem, Mãe Puríssima, que vela por nós. Fraca é a carne, mas forte, muito forte, é a proteção, o amparo de Maria.

Festas. Mais um aniversário da fundação do seminário. Na sessão oficial o orador principal foi Mário. Falou bem — um belo discurso. Enquanto falava — fiquei pensando. Ele voltara no dia seguinte ao pomar.

Para quê?

4 de junho

Frio na parte da manhã.

Não comunguei. Dúvidas cá dentro. Sinto-me na encruzilhada: de um lado quero ter fé, acho-a bela e necessária. De outro, vejo-a convencional, vaga, um fantasma como outro qualquer, desses que atrapalham e desgraçam o homem.

Quero ser crente. Como padre Cipriano. Como padre reitor. Como Eduardo.

Passei a noite remoendo pensamentos tolos. A filha do porteiro, dezesseis anos ao sol, não me incomoda em horas assim. A angústia sufoca o desejo, a eternidade vence a carne.

Interpelarei meu professor de Psicologia Racional. Ele transferirá algumas dúvidas para a Teologia. Ir ao padre espiritual? Procurará uma brecha em minha vida religiosa para nela localizar a causa e a justificação da dúvida. As dúvidas aqui têm sempre essa explicação.

Falarei com padre reitor.

5 de junho

Contra minha expectativa, padre reitor fez as duas coisas que eu temia: transferiu a solução do problema para a Teologia e achou brechas de ordem interior para justificar a dúvida exterior.

Isso revolta: atribuir qualquer dúvida de Fé a razões pessoais. Há a frase que muito se repete aqui dentro: "Procura ter uma vida digna de Deus e não terás dúvida quanto à sua existência." Citam Rousseau: "Eu queria ver um homem casto e honesto afirmar que não existe Deus. Então acreditaria nesse homem. Mas esse homem não existe."

Deduzem assim que não há ateus. Há ímpios que têm a conveniência de abolir Deus para evitar o julgamento e a punição de seus vícios.

Serei um monstro? Um poço de iniquidades? Ainda não. Minhas faltas, meus vícios, são virtudes sem consistência, por isso mesmo faltas. Entretanto, minhas dúvidas surgem periodicamente, sem relação com a vida espiritual. Localizar a dúvida nesse espaço é cômodo e mesquinho. Mas não verdadeiro.

Padre reitor lembrou o pacto:

— Sei que você anda lendo muita coisa inconveniente. É natural que tenha dúvidas, que comece a duvidar. Pessoalmente, e dentro do que prometi, não tomarei nenhuma atitude para limitar sua liberdade. Pode ler e duvidar. Mais cedo ou mais tarde você terá tais e tamanhas dúvidas que a vida aqui será insuportável. Acabará tendo raiva do seminário.

— Não há outra solução?

— Há. Solução clara e simples, como todas as verdadeiras soluções. Estude apenas as matérias de seu curso, estude com mais profundidade a cosmologia, por exemplo, um terreno menos abstrato, onde não existem divergências antagônicas. Mas, sobretudo, reze.

Vou rezar e estudar cosmologia.

6 de junho

Numa questão padre reitor não me compreendeu: jamais acharei a vida daqui odiosa. Amo demasiadamente isto tudo. O que me perde é justamente isso: amar demais o meu seminário. O esforço para encontrar uma justificativa para esse amor me confunde. Minha atração pela vida religiosa é fruto de um sentimento. Não é racional. Não vem da cabeça, vem do coração. Como o amor.

Velho problema esse, unir coração e mente.

Como se não bastassem meus conflitos internos, começa a surgir uma prevenção mais declarada e cada vez mais geral contra o modo de me conduzir. Os superiores se queixam, não estudo os pontos de aula, leio demais, livros suspeitos, não quero nada com as matérias propriamente escolares. Olham-me de cima, como se fosse abjeto ter dúvida ou sofrer.

Os mais amigos ou íntimos aconselham-me leituras. Livros tolos: ou vão diretamente à razão e ficam pelo meio do caminho (como poderá a razão ou os raciocínios humanos atingir o problema da divindade, pensar em termos infinitos?), pressupondo sempre a capitulação da inteligência em certo trecho do caminho, capitulação que às vezes é confundida com fé; ou vão unicamente ao coração, fazendo da razão uma meretriz que se precisa expulsar ou açoitar.

Emprestaram-me uma revista francesa onde Raïssa Maritain publica alguns trechos de suas memórias: vai sair em livro a história do casal famoso. Muita gente tem se convertido com suas recordações. Leio alguns capítulos. Como converter o convertido?

Abandonei meu lar, o carinho dos meus, as facilidades da vida lá de fora, rastreada pelo pai, protegida pela mãe, que me elegeu como filho predileto. Entrei para cá criança ainda, nem boa nem má, apenas capaz de muita coisa boa ou má — conforme o andar da carruagem.

Procurei melhorar a vida espiritual com preces, retiros, sacrifícios, penitências, criei um mundo não sensorial dentro de mim que passou a existir em função unicamente ontológica. Advertiram-me contra a crise sexual. Suficientemente esclarecido e ajudado, pude enfrentá-la com aquilo que já agora considero êxito. Mas houve crise contra a qual ninguém me preveniu, que me apanhou desprevenido e me levou de roldão ao âmago de seus abismos.

Não posso, por exemplo, e apenas para citar uma das questões mais frequentes, aceitar a ingênua divisão dos homens em bons e maus. Os dualismos clássicos da natureza — sol e lua, dia e noite, treva e luz, morte e vida, sul e norte, contingente e necessário — não se repugnam entre si, antes, são transformações duma mesma coisa que subsiste em diversas formas e maneiras às vezes simultaneamente.

Não creio no mal. Nem no demônio. Entretanto, a crença no demônio é artigo de Fé, dogma. Estou em heresia — essa dúvida já não tenho.

E o estado edênico em que o homem foi criado e para o qual se destina? Aquela frase do Gênesis em que o Senhor diz a Noé, pouco antes do Dilúvio: "O mal está no coração do homem desde a sua meninice"?

Procurei ler e estudar o assunto. Não que me sentisse capaz de voo tão alto, mas levado pelo desespero em me sentir longe do redil. Tratei de reforçar a retaguarda, mantendo a castidade, cultivando outras virtudes dentro das humanas possibilidades, a fim de que não fosse afetado pelo interesse em "não querer Deus". Chego justamente ao ponto em que necessito de ajuda, de uma pessoa esclarecida que me tome a mão e me leve a porto seguro.

Padre reitor — santo homem! — ia tendo enfarte quando soube que víramos a filha do porteiro nua entre as laranjeiras. Mas, diante da minha aflição atual, limita-se a sorrir, considerando-me inepto, ousado demais, mandando transferir meus problemas para daqui a dois ou três anos. Como se pudesse burocratizar a razão, parar de pensar — inteligência fechada para o almoço!

Acreditava que alguns superiores tivessem uma solução ou arremedo disso. Inclusive, uma experiência pessoal parecida ou quem sabe igual. Nada de admirar que as minhas dúvidas tenham sido as mesmas de muitos candidatos ao altar. Sei mesmo — e todos aqui sabem — que padre reitor teve dificuldades ao despontar dos estudos superiores.

Mas nem mesmo ele, minha última esperança, reconheceu a legitimidade da minha dúvida. Sorriu. Adiou. Transferiu. Os outros, nem se fala. Consideram minha crise imoral. Ímpia.

12 de junho

Não tenho ânimo para escrever muito. Passei a manhã de hoje lendo o caderno verde. Lacunas, impressões exaltadas, nada bom. Asneira ter diário.

A humanidade acaba uma guerra — a maior, dizem, de sua história. Não anotei uma só palavra a respeito. Bom, ainda há luta no Pacífico. Outras guerras virão, piores e maiores. Essa que passou não pode ser julgada, falta perspectiva, ângulo. Foi um aviso? Mas já se tiveram tantos!

(Por falar em perspectiva: terei perspectiva para julgar minha crise atual? Padre reitor estará certo pedindo tempo para que eu mesmo compreenda minha aflição?) Afinal, isso adianta?

Pior que a guerra, pior que os mortos, que a *blitz* sobre Londres e o cerco de Berlim — é minha guerra interior de cada dia, cuja última batalha se avizinha, em que estarei em desvantagem no terreno, no armamento e na garra de lutar.

Sim, a guerra continua. A vida não deixa de ser uma guerra contínua — isso está nos almanaques e nas folhinhas de parede que os armazéns distribuem pelo Natal. E essa guerra só acaba no grande fim. É como as tragédias: acabam onde têm de acabar, na morte. As comédias terminam um pouco antes disso, há a solução benigna e contemporizante, o falso fim, aquele "e viveram muitos anos felizes". Mas depois do "e viveram muitos anos felizes"?

Fica tudo nivelado então, vencido e vencedores, no mesmo pó.

20 de junho

Durante as Vésperas.
Padre reitor entoou o *Magnificat*.
Do coro respondemos: *Anima mea Dominum*.
Paul Claudel converteu-se ouvindo *Magnificat* igual, junto a uma coluna da Notre-Dame. Há Damascos interessantes.

Foi durante as Vésperas de hoje que lembrei um fato esquisito. Anos atrás: Congresso Eucarístico Nacional, em São Paulo. Fomos do Rio assistir ao que se chamou de "triunfo de Jesus Sacramentado". A preparação do Congresso levou dois anos. A cidade inteira viveu os dois últimos meses unicamente voltada para o "grande certame de Fé". A semana foi cheia: missas colossais, multidões inteiras, comunhões maciças, conversões apregoadas e testadas em tabeliães. Uma apoteose. "O céu desceu à terra e fez morada entre nós", exclamou um orador, em êxtase.

O espetáculo de encerramento foi soberbo. "Agora só no céu!", disse dom José Gaspar no discurso final. Espetáculo maior só mesmo diante do Eterno Trono.

Participei, com entusiasmo, dos preparativos, das cerimônias todas. Andávamos de um lado para outro da cidade, providenciando isso ou aquilo. A cidade parecia nossa, perdemos o constrangimento, entrávamos em qualquer canto, era frequente ver um grupo de padres num bar fazendo lanche, tomando sorvete. A cidade abria os braços para Deus e seus ministros.

Foi no último dia. Acabara a grande procissão de encerramento, as autoridades do Brasil em peso, presidente da República, Ministério, cardeal, generais, embaixadores. O papa mandou alocução pela Rádio Vaticano, chamou o Brasil de "filho dileto do Nosso coração paternal". Dom José Gaspar, uma figura jovem, imponente, que morreria logo após num desastre de avião, entre gritos e lágrimas de entusiasmo, empolgou a grande multidão do Anhangabaú, o contágio foi geral.

Eu tinha de providenciar o ônibus que nos levaria de volta ao seminário do Ipiranga, onde nos hospedáramos. Avisaram-me que depois da concentração o trânsito ficaria difícil, que o providenciasse antes do fim.

Ao acabar a bênção do Santíssimo, tomei uma rua lateral ao Anhangabaú. Saí correndo, para ganhar tempo. Perto do largo de São Bento vi o homem. Um gari da Prefeitura varrendo a rua, atapetada de flores da procissão recente. O sujeito estranhou um homem de batina correndo:

— Que que há? Nunca vi um padre fugindo da polícia.

Achei graça. Ri para o homem, amistosamente.

— Que tal a procissão?

— Que procissão?

— O triunfo de Jesus-Hóstia.

— Que que é uma hóstia?

Resolvi explicar. A vitória de Jesus Sacramentado. Um milhão de pessoas aclamando Jesus-Hóstia. O Congresso. O filho dileto do Nosso coração paternal. Agora só no céu.

O lixeiro nunca tinha ouvido falar em Jesus-Hóstia. Não soubera que havia um congresso, um triunfo que só no céu teríamos outro igual. Estava admirado de ver, ultimamente, muita freira e padre andando pelas ruas — mas só. A menos de cem metros havia o triunfo, o céu descido à terra — mas o homem não sabia nada daquilo, varria as flores que pouco antes foram jogadas em cima de Jesus-Hóstia.

Perguntei se era católico. Era. Devoto de não sei qual Nossa Senhora.

Não doeu na hora. Tal qual a filha do porteiro, nua no laranjal. Hoje, durante as Vésperas, ouvindo o mesmo *Magnificat* que converteu Claudel, doeu de repente.

Damasco às avessas.

21 de junho

Suspeito que ontem escrevi bobagens.

O fato é que o lixeiro de São Paulo me incomodou. Adormecido durante três anos. Sem importância alguma. Incubado. De repente cresceu: ouço a voz dele: "Que que é uma hóstia?"

Os anjos aparecem aos santos. Santo Agostinho teve um, numa crise difícil. O próprio Cristo também, na hora amarga do horto.

Por raciocínio análogo, o demônio talvez apareça aos maus.

O lixeiro teria sido o demônio? Mas eu não acredito no demônio!

Malditos os que veem e não creem!

24 de junho

As dúvidas aumentam. Vivo um momento tenso. Não tenho comungado. Sinto-me culpado e mau.

Durante a meditação da manhã tive uma ideia: levar o caderno verde a padre reitor. Não esconderei nada. Terá uma perspectiva de profundidade sobre a minha crise. Dificilmente exporia melhor o caso.

Qualquer solução será bem recebida.

Se houver tempo, eu me salvarei.

1º de outubro

Recebo de volta meu caderno.

Ficou com padre reitor mais de três meses. Creio que foi mostrado ao senhor arcebispo, a outros padres. O caderno voltou tão sujo e amarrotado, com sinal de tantas mãos e olhos, que sinto como se me tivessem exposto nu, num transe hipnótico, à cupidez alheia.

Padre reitor devolveu-o com uma palavra:

— Vença!

Respondi:

— Não adianta. Já perdi.

2 de outubro

Muita coisa, de junho para cá. Não vou registrar nada. Tudo perdeu a importância. Há uma certa coisa que quando se perde, nada mais importa. Adquiri a certeza, a palavra é mesmo essa, *adquiri*. Não posso receber a tonsura, já tão próxima, menos de um ano. Não tenho outro caminho. Doloroso é que é cruel chamar de caminho ao que me resta.

Padre reitor foi contrário, de início. Era precipitação inútil, faltavam meses para a tonsura, até lá poderia inverter algumas posições, a própria tonsura não era um passo definitivo.

Padre reitor nunca teve Damascos. É santo desde a fundação. Não sabe que as Damascos não se invertem.

Que eu estava em botão, à espera de um orvalho bom para florescer — chegou a usar a imagem sovada dos poetas. No mesmo tom respondi:

— Já cansei — disse — de esperar o orvalho.

Encostou-se na poltrona, cansado, também, de lutar por mim. Olhou o teto:

— Você está falando em nome do nosso pacto?

— Sim, em nome do nosso pacto. Do meu pacto.

— Desiste?

— Sim. Entrego os pontos. Estou sofrendo demais... se acreditasse, o sofrimento valeria a pena.

Não discutiríamos mais. Guardamos juntos um silêncio. Um silêncio que nos esmagava.

Súbito, quase ao mesmo tempo, nos abraçamos. Pai e filho — parecia —, o filho que parte em busca da estrada larga, desconhecida; o pai que fica a guardar a melhor ovelha para o banquete da volta.

E choramos, juntos, minha tristeza inteira.

3 de outubro

Um problema banal. Mês passado, o pai achou que a batina que eu vinha usando nas cerimônias solenes estava um pouco surrada, mandou fazer outra, num batineiro da avenida Mem de Sá. Eu já fizera duas provas, a batina devia estar pronta, faltando apenas os arremates finais. E o pai já pagara metade do preço, ficando a outra metade para quando fosse buscá-la.

Padre reitor sabia disso, era amigo do batineiro. Conseguiu o impossível. Telefonou para ele, a batina poderia ficar em meia-confecção para outro seminarista ou padre, que eu fosse buscar o dinheiro da entrada. Esse dinheiro, eu o devolveria ao pai, que iria arcar com as despesas iniciais da minha adaptação no mundo.

Tomei um bonde, era uma das primeiras vezes que tomava bonde sozinho. E a última em que o fazia de batina. O alfaiate foi cordial, já tinha freguês para a batina, que estava quase pronta. Devolveu o dinheiro da entrada, disse que aquilo daria para o meu primeiro terno.

Pensei tomar um bonde e voltar logo para o seminário, mas já não estava mais nele, já não me sentia seminarista, embora vestido de batina e capa romana.

Tomei a direção da Cinelândia, não a conhecia mais. Passei pelos novos cinemas, imponentes, cheios de luz néon — que era novidade dos anos 40. O Plaza, o Metro Passeio, o Palace, o Odeon, o Pathé, o Capitólio, o Vitória, o Rex, que era o mais antigo, e onde antes de entrar para o seminário eu vira um filme curiosamente intitulado *Adeus ao mundo*.

Agora estavam levando outro, *Ver-te-ei outra vez*. Sim, eu voltava para o mundo, um mundo que não me amava e que eu igualmente não amava.

Marquei dia 8 para minha saída. Pedi a padre reitor que avisasse minha família. Sei que vão ter um choque com a decisão. Penso sobretudo em minha mãe. Vai sofrer muito. Amargarei a velhice dela. Quando penso nisso tenho vontade de desistir e tentar recomeçar tudo. Mas será uma covardia, uma traição. Crime para comigo mesmo, principalmente isso. Domarei o coração, ao menos desta vez.

Que serei lá fora? Ateu? Devasso? Carola?

Problemas secundários. O futuro não conta, nem mesmo a eternidade. Importa é danar o coração, depois de tanto masturbá-lo.

4 de outubro

Disfarçadamente, para que ninguém perceba, começo a arrumar minhas coisas. Mário me espreita. Tem-me de olho desde o incidente no pomar. Eu o desprezo. Talvez pense que deixarei o seminário por causa daquilo. Ele, que voltou ao pomar no dia seguinte, talvez se ordene. Se julgará um vitorioso. Para mim será um fraco. E um fraco que se deixa ordenar padre chega a ser um patife.

6 de outubro

Recebo, pela manhã, a visita de meus pais e irmãos. Estão aflitos, nervosos, só meu irmão caçula parece estar alegre.

O pai. Respeitava minha decisão. Quisera entrar, entrei. Queria sair, que saísse. Ele não se intrometeria entre Deus e o filho. Apesar da retórica, foi sincero, bom. Desejava saber se podia fazer alguma coisa para me ajudar, se precisava dele para qualquer solução ou mesmo para solução nenhuma.

Agradeci. Mas olhei o pai com outros olhos. O pai é um homem.

Isso me encheu de orgulho.

Mamãe não entende. Olha-me, olhos cansados. Acha que daqui a dois meses não terei mais nada que fazer lá fora, peça para entrar novamente. Como explicar? Doloroso até evitar a explicação.

Distribuí objetos. Minhas batinas ficarão para Paulo Sá, o mais pobre de todos. E vai longe. Eduardo ganhará meus livros dispensáveis. Inutilizei a capa da *Introdução à vida devota* do Gaspar. Meu Hamond ficará para o Motinha. Minha sobrepeliz de seda para o Torraca.

Todos deixarão comigo uma saudade imensa.

7 de outubro

Dia de Nossa Senhora do Rosário.

A frase do Evangelho parece feita para a ocasião. *Fiat mihi secundum verbum tuum*. Seja feita em mim a sua palavra.

Minha alma engrandece ao Senhor. O Senhor continua em mim. O amor não precisa da Fé. É até melhor amar sem acreditar.

Foi feriado.

Visitei cada canto. Oh, seminário querido! Oh, pavilhões imensos onde rezei, sofri, oh, pátios coloniais! Nunca mais, nunca e não mais!

8 de outubro

Minha última noite.

Como a pressenti. Estava em mim. Oito anos atrás e ela já germinava, em silêncio, única realmente.

Oito anos atrás. Minha primeira noite, os lençóis novos, as iniciais bordadas por mamãe incomodavam. A luzinha azul em cima do imenso teto. Encantamento que perdura ainda. Luzinha azul. Dormirei agora no escuro, sempre no escuro.

O sino do despertar. Última vez também, último sino — tudo último: a morte. Despertarei em minhas noites negras e ouvirei o sino, eterno.

A missa. Foi triste. Vitrais morrendo. Eu morria aos poucos.

Almoço. Amargo. A parte da tarde, as aulas últimas. Despedia-me dos professores. Os colegas, em sua maior parte, já sabem. Amanhã os comentários.

A morte do Geraldo.

Como a formiga trabalhadeira junto sol e frutos em meio ao restinho de verão, para consumir depois, no longo inverno que se aproxima.

Finalmente, os últimos dos últimos instantes. Daqui a pouco vem o jantar e irei embora.

Na minha mesa restam eu e meu caderno. (Resta mesmo alguma coisa?)

São seis horas da tarde.

Tocou o *Angelus*. Já vamos descer ao refeitório. Tudo está consumado. Consumado — é bem o termo.

Sinto nos olhos o peso morno de lágrimas. O calor da face impede que elas desçam. Partirei com ar de satisfeito, o ar cínico que alguns reclamam e condenam. Encerro alguma coisa. Sinto-me recém-qualquer-coisa. Um parto estranho, que a lucidez da dor torna ridículo e estéril. Mas não importa.

E eis que vos dou a informação: Deus acabou.

Direção editorial
Daniele Cajueiro

Editora responsável
Janaína Senna

Produção editorial
Adriana Torres
Mariana Bard
Carolina Rodrigues

Revisão
Rita Godoy
Wendell Setúbal

Diagramação
Henrique Diniz

Este livro foi impresso em 2021
para a Nova Fronteira.